相信阅读,勇于想象

北京科普创作出版专项资金资助

藏在科幻里的世界
远行到时间尽头

周忠和 王晋康 主编　　吕默默 编著

北京理工大学出版社
BEIJING INSTITUTE OF TECHNOLOGY PRESS

编委会简介

主　任：马　林　司马红
副主任：孟凡兴
主　编：周忠和　王晋康
副主编：吴启忠
成　员：凌　晨　尹传红　周　群　王　元　吕默默
　　　　单少杰　李　楠　王　丽　李晓萍
　　　　　　（排名不分先后）

周忠和

中国科学院院士，中国科学院古脊椎动物与古人类研究所研究员，《国家科学评论》副主编。长期从事中生代鸟类与热河生物群等陆相生物群的综合研究。曾获得中科院杰出科学成就奖、国家自然科学二等奖、何梁何利"科学与技术进步奖"等。

王晋康

中国科幻文学界的扛鼎者，中国科普作家协会副理事长，全球华语科幻星云奖终身成就奖得主，1997国际科幻大会银河奖得主，19次获得中国科幻文学最高奖银河奖。

凌晨

中国科普作家协会理事，中国科普作家协会科学文艺委员会副主任，中国作家协会会员，北京作家协会会员，科普与科幻小说作家。

尹传红

中国科普作家协会常务副秘书长，《科普时报》原总编辑。作为策划人、撰稿人和嘉宾主持，参与过中央电视台、北京电视台等多部大型科教节目的制作。在多家报刊开设个人专栏，已发表科学文化类作品逾200万字。

周群

北京景山学校正高级语文教师,北京市特级教师,中国科普作家协会会员,中小学科普科幻教育推广人,教育部国培项目专家,硕士生导师。在《科普时报》上开设有"面向未来做教育"专栏,发表科普科幻教育专题的文章多篇。

王元

蝌蚪五线谱签约作者,科幻作者,发表科幻小说约计百万字。出版短篇科幻小说集《绘星者》、长篇科幻小说《幸存者游戏》(与吕默默合写)。《藏在科幻里的世界·你好人类,我是人》《藏在科幻里的世界·N维记》特约科普作者。

吕默默

科幻作家、科普作家。爱读书,会弹琴,喜旅行,意识上传支持者,期待自我意识数据化。已发表科普作品50多万字,为科教频道、新华网等平台创作百集科普视频剧本。《藏在科幻里的世界·冲出地球》《藏在科幻里的世界·远行到时间尽头》特约科普作者。

单少杰

中国科学院动物研究所博士后,从事线虫-植物互作及植物保护方向的研究。蝌蚪五线谱签约作者,中国科普作家协会会员,发表科普文章近百篇。《藏在科幻里的世界·基因的欢歌》特约科普作者。

《藏在科幻里的世界》

序

Preface

习近平总书记强调:"科技创新、科学普及是实现创新发展的两翼,要把科学普及放在与科技创新同等重要的位置。没有全民科学素质普遍提高,就难以建立起宏大的高素质创新大军,难以实现科技成果快速转化。"

科普作为一种教育活动,具有浓厚的时代性。不同的时代背景下,不同的社会经济发展状况下,公众对科普的需求不同,科普工作的内容和方法也有了相应的变化。

举例来说,20世纪60年代初,青少年科普读物《十万个为什么》问世,风靡数十年,其内容也与时俱进,由探索自然奥秘到普及前沿科学知识,伴随几代青少年走上科学的道路。

进入新的世纪,随着科技的迅猛发展,民众对于科普的需求又有了新的形式。

在2018年高考的全国卷Ⅲ里,有一道语文阅读题,阅读材料节选自刘慈欣的科幻小说《微纪元》,这引发了全民的热烈讨论。而刘慈欣的《带上她的眼睛》在此之前已经入选人教版初一(下)语文课本。来自教育界的种种尝试,给我们科普工作者带来了启发——优质的科幻作品或将成为青少年群体不可或缺的精神食粮。

青少年正处于培养社会主义核心价值观、科学观、审美观和科学思维的年龄段。科幻文学，无疑是在这几个方面都能给青少年补充"营养"的一种文学载体。而当前，我国青少年对于科幻阅读正处在认识不清、需求不大、不会阅读的状态，因此引导青少年读者学会"科幻阅读的正确打开方式"这一科普任务，历史性地落在了我们这一代科普工作者的肩上。

于是便有了这套"藏在科幻里的世界"的诞生。

这套"藏在科幻里的世界"由《冲出地球》《你好人类，我是人》《N维记》《基因的欢歌》《远行到时间尽头》五册构成，分别从宇航探索、人工智能、空间维度、生命科技、预测未来五个维度，精选了八年来发表于蝌蚪五线谱网站的53篇科幻微小说，并收录了来自王晋康、刘慈欣、何夕、凌晨、江波五位科幻作家的科幻作品，且由三位科普作家针对这58篇科幻小说进行了科普解读。

其中，《冲出地球》《你好人类，我是人》《N维记》涉及大量基础和前沿物理学的基础知识，《基因的欢歌》《远行到时间尽头》则涉及大量生命科学知识，套书整体兼具未来感和现实感。

科幻科普创作与其他文学形式不同，科幻科普作品是以其严谨的科学逻辑为基石来进行创作的。

本书特邀科幻科普作家凌晨老师担纲文学解读，凌晨老师表示："科幻的思维逻辑，就是我们这些科幻爱好者和创作者想要推广的，以科学的理性思维面对世界，以幻想的广阔无疆创造世界，不惧怕即将面临的任何未来，永远保持好奇心，也永远乐观积极。"

谈及科幻与科普的关系，作为"藏在科幻里的世界"的主编之一，周忠和院士表示：科幻本身不直接传授科学知识，但它激发的是想象力，还有对科学的热爱，当然也蕴含了科学研究的思维和过程，从这个意义上来说，它对科学的普及起到的推动作用同样是巨大的。本书的另一位主编，著名科幻作家王晋康先生表示："科学给你一个坚实的起飞平台，而科幻给你一双想象力的双翅。"

这同样也是"藏在科幻里的世界"立项的初衷：倡导想象力，培养青少年的科学思维与创造思维，激发青少年对于前沿科学的好奇心，力求带给青少年和家长"科幻阅读的正确打开方式"，给予青少年科学和人文的双重滋养。

"藏在科幻里的世界"从2019年1月份立项到成书出版，历时一年半的时间，并获得了2019年北京科普创作出版专项资金资助。感谢尹传红老师和周群老师在选题创意方面给予的积极建议，感谢全书38位科幻作者所提供的58篇精彩的科幻作品，感谢吕默默、王元、单少杰带着近乎科研的态度打磨书中的所有科普知识点。

非常高兴这套书能够顺利与大家见面，希望这套书能够被孩子和家长喜欢，也希望更多的"后浪"能够加入我们的科普科幻创作阵营中。

"藏在科幻里的世界"编委会

2020年7月

目录
Contents

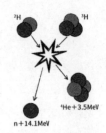

名家名篇·中国太阳　刘慈欣 / 文　005

探索未来·好未来与坏未来　吕默默 / 文　043

微小说·太阳的后裔　康乃馨 / 文　090

微科普·一觉醒来，已是未来　吕默默 / 文　093

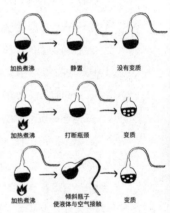

微小说·霾人　王元 / 文　099

微科普·改变 or 被改变　吕默默 / 文　110

微小说·藏好你的丹尼尔　简妮 / 文　115

微科普·未来机器人猜想　吕默默 / 文　122

微小说·摇篮文明　杨远哲 / 文　127

微科普·生命的源头　吕默默 / 文　136

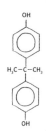

微小说·合理谋杀　过千帆 / 文　141

微科普·未来守法指南　吕默默 / 文　147

微小说·怒　刘啸 / 文　152

微科普·冰盖之下的病毒可怕吗　吕默默 / 文　157

微小说·红苹果检查员　何妨 / 文　163

微科普·脑中宇宙　吕默默 / 文　167

微小说·充电　吕默默 / 文　172

微科普·电的搬运工　吕默默 / 文　177

微小说·国家赔偿　刘洋 / 文　182

微科普·我们能穿越时空吗　吕默默 / 文　185

微小说·赢在起跑线　阿西博士 / 文　190

微科普·平行宇宙中的我们　吕默默 / 文　194

写在前面

提到中国科幻,许多人脑子里出现的第一个科幻作家名字叫"刘慈欣"。提到中国科幻小说,许多人脑子里马上出现的科幻小说名字是"三体"。刘慈欣在2015年因《三体》获得世界级科幻小说大奖"雨果奖",成为亚洲首位获得此奖项的科幻作家。在此之前,刘慈欣已经进行了20多年的科幻创作,曾连续九次获得中国科幻"银河奖"。"雨果奖"是对刘慈欣和《三体》的世界级认可。从此,《三体》在全世界畅销,刘慈欣也成了世界级科幻作家。

刘慈欣的科幻小说选材丰富而广阔,兼具科学探索与人文关怀,更以宏大的世界观见长。除了《三体》,他还创作了《流浪地球》《球形闪电》《微纪元》等许多优秀的中短篇科幻小说,《中国太阳》就是其中的一篇。

《中国太阳》获得了2002年中国科幻"银河奖"一等奖。在当时,《中国太阳》讲述的是一个令人惊讶和振奋的故事。即便是在今天,这个故事的立意和所包含的思想仍然卓越。小说经受住了时间的考验。小说讲述了一个农村小伙水娃怎样从一个农民工成长为人类第一艘载人星际飞船中的精英的过程,这是一个很传奇的故事,但也是一个平常又普通的故事。作为科幻小说,从来没有作家审视过农民和太空的关系,刘慈欣做到了,而且,他用最平实朴素的叙述告诉读者,在迅猛发展的中国,水娃的故事并非天方夜谭,而是平凡之事。就像普通的英文老师马云成为电子商务的领军者,就像木匠的儿子王传福成为汽车制造大王……现时中国,活力充沛,每时每刻都在创造奇迹,只要想干,一定是干得成的。

因而,水娃的故事就有了真实性,令读者信服,这使作为虚拟小说的《中国太阳》却有了现实主义小说的感觉。小说本身并没有科幻小说通常意义上的悬念,只是制造了一个巨大的反差,一个只读到小学三年级的西北农村小伙如何能成为一名飞往宇宙深处的太空探索者?水娃的成长之路,是脚踏实地一个一个去实现的梦想串联起来的,最终他肩负起人类命运的重大使命。水娃的梦想,并不让人觉得遥远和空洞,因为实现梦想的环境是正在高速发展的中国,因为主人公是勤劳坚毅的中国人!

这也是《中国太阳》内核中最动人之处。好的作品,一定是呼应时代需求、反映时代变化的,也因此才能扣动人的心弦,引起读者最强烈的共鸣。有评论说得好:优秀的科幻小说并不只是飘在天空的云,倒像是风筝,现实生活就是那牵在作者手中的线。《中国太阳》鲜活地展现了如何处理科幻与现实的关系,将遥远的太空探索与最乡土的农民工结合在了一起。主人公水娃从干旱和贫困的家乡走出来,最初的动机只是能喝点不苦的水,再挣点钱。他去小煤窑做矿工,去做擦鞋匠,去当高空清洁工……人生的一个又一个目标居然就这么踏踏实实便成了现实：进城、挣钱、作北京人，甚至还能上天，成为第一批太空工人，去清洗巨型航天器"中国太阳"的镜面。并非水娃有多好的运气，而是因为他从来没有放弃过梦想，始终跟紧时代，没有停下脚步。水娃在庄宇的启迪下，逐渐开始思考人生，思考宇宙的方向，思考人类那单纯的对广阔宇宙未知的探索。他最终完成了对自己的思想启蒙，有了很高的精神追求，他说："是的，回不来了。有人满足于老婆孩子热炕头，从不向与己无关的尘世之外扫一眼；有的人则用尽全部生命，只为看一眼人类从未见过的事物。这两种人我都做过，我们有权选择各种生活，包括在十几光年之遥的太空中飘荡的一面镜子上的生活。"

科幻小说反映的是未来社会的发展变迁，但这种发展不是空中楼阁，即便不能实现，也是从人们对现实的焦虑与期待之中应运而生的。找到这种焦虑和期待，就找到了科幻小说可以触动人心的那个点。

比如当下，人们最关切的社会话题是什么？没有比5G更火的话题了。作为一种移动通信技术，5G会给社会生产和生活带来什么样的改变？首先要了解5G的特性，就是高速、低延时性、大带宽和高可靠性，这首先将带来的是生活方式改变——无人驾驶将成为主流交通方式，按需使用、随用随租的共享汽车经济势必将取代传统的汽车购买和使用模式，娱乐、办公等车载增值服务将迅速涌现。无人驾驶汽车将成为一种移动交通平台，给使用者带来全新的生活方式。到那时，不仅仅是出租汽车司机和公共汽车司机会被取代，就连人工快递和外卖都将渐渐被无人送货车或送货飞机取代。

其次，5G将为万物互联创造网络环境，以智能工厂为代表的生产系统便能够随时随地感知零部件、设备、产品的位置和状态,及时进行零部件的传递、派单生产和产品交付,同时进行实时设备监控、产品运营状态运维、保养等服务,生产效率将大幅度提高。5G带来的改变当然不止这些,虚拟现实技术和增强现实技术得以普及,通过移动头盔观看体育比赛、音乐会直播,如置身其中,而且无论身在何处都能获得前排视角。票贩子再也不能倒卖演出票了,现场音乐会成为标配,令人厌恶的假唱终于消失了……

在5G时代,全景互动式电子游戏盛行,全息视频会议也很普遍,人与人的交流将越来越多在虚拟的网络中完成,许多职业将消失,但更多新的职业会产生。这其中有无数想象的空间,可以供科幻作家们发挥想象力。

凌晨

名家名篇·中国太阳

● 刘慈欣 / 文

水娃从娘颤颤的手中接过那个小小的包裹，包裹中有娘做的一双厚底布鞋，三个馍，两件打了大块补丁的衣裳，二十块钱。爹蹲在路边，闷闷地抽着旱烟锅。

"娃要出门了，你就不能给个好脸？"娘对爹说。爹仍蹲在那儿，还是闷闷地一声不吭。娘又说："不让娃出去，你能出钱给他盖房娶媳妇啊？"

"走！东一个西一个都走球了，养他们还不如养窝狗！"爹干号着说，头也不抬。

水娃抬头看看自己出生和长大的村庄，这处于永恒干旱中的村庄，只靠着水窖中积下的一点雨水过活。水娃家没钱修水泥窖，还是用的土水窖，那水一到大热天就臭了。往年，这臭水热开了还能喝，就是苦点儿、涩点儿，但今年夏天，那水热开了喝都拉肚子。听附近部队上的医生说，是地里什么有毒的石头溶进水里了。

水娃又低头看了爹一眼，转身走去，没有再回头。他不指望爹抬头看他一眼，爹心里难受时就那么蹲着抽闷烟，一蹲能蹲几个小时，仿佛变成了黄土地上的一大块土坷垃。但他分明又看到了爹的脸，或者说，他就走在爹的脸上。看周围这广阔的西北土地，干干的黄褐色，布满了水土流失刻出的裂纹，不就是一张老农的脸吗？这里的什么都是这样，树、地、房子、人，黑黄黑黄，皱巴巴的。他看不到这张伸向天边的巨脸的眼睛，但能感觉到它的存在。那双巨眼在望着天空，年轻时那目光充满着对雨的企盼，年老时就只剩呆滞了。其实这张巨脸一直是呆滞的，他不相信这块土地还有过年轻的时候。

一阵子风吹过，前面这条出村的小路淹没于黄尘中，水娃沿着这条路走去，迈出了他新生活的第一步。

这条路，将通向一个他做梦都想不到的地方。

人生第一个目标：喝点不苦的水，挣点钱

"哟，这么些个灯！"

水娃到矿区时，天已黑了，这个矿区是由许多私开的小窑煤矿组成的。

"这算啥？城里的灯那才叫多哩。"来接他的国强说，国强也是水娃村里的，出来好多年了。

水娃随国强来到工棚住下，吃饭时喝的水居然是甜丝丝的！国强告诉他，矿上打的是深井，水当然不苦了，但他又加了一句："城里的水才叫好喝呢！"

睡觉时国强递给水娃一包硬邦邦的东西当枕头，打开看，是黑塑料皮包着的一根根圆棒棒，再打开塑料皮，看到那棒棒黄黄的，像肥皂。

"炸药。"国强说，翻身呼呼睡着了。水娃看到他也枕着这东西，床底下还放着一大堆，头顶上吊着一大把雷管。后来水娃知道，这些东西足够把他的村子一窝端了！国强是矿上的放

炮工。

矿上的活儿很苦很累，水娃前后干过挖煤、推车、打支柱等活计，每样一天下来都把人累得要死。但水娃就是吃苦长大的，他倒不怕活儿重，他怕的是井下那环境，人像钻进了黑黑的蚂蚁窝，开始真像做噩梦，但后来也惯了。工钱是计件，每月能挣一百五，好的时候能挣到二百出头，水娃觉得很满足了。

但最让水娃满足的还是这里的水。第一天下工后，浑身黑得像块炭，他跟着工友们去洗澡。到了那里后，看到人们用脸盆从一个大池子中舀出水来，从头到脚浇下来，地上流淌着一条条黑色的小溪。当时他就看呆了，妈妈呀，哪有这么用水的，这可都是甜水啊！因为有了甜水，这个黑乎乎的世界在水娃眼中变得美丽无比。

但国强一直鼓动水娃进城，国强以前就在城里打过工，因为偷建筑工地的东西被当作盲流遣送回原籍。他向水娃保证，城里肯定比这里挣得多，也不像这样累死累活的。

就在水娃犹豫不决时，国强在井下出了事。那天他排哑炮时炮炸了，从井下抬上来时浑身嵌满了碎石，死前他对水娃说了一句话："进城去，那里灯更多……"

人生第二个目标：
到灯更多水更甜的城里，挣更多的钱

"这里的夜像白天一样呀！"水娃惊叹说，国强说得没错，城里的灯真是多多了。现在，他正同二宝一起，一人背着一个擦鞋箱，沿着省会城市的主要大街向火车站走去。二宝是水娃家邻

村的人,以前曾和国强一起在省城里干过。按照国强以前给的地址,水娃费了好大的劲才找到二宝,他现在已不在建筑工地干,而是干起擦皮鞋的活来。水娃找到他时,与他同住的一个同行正好有事回家了,他就简单地教了水娃几下子,然后让水娃背上那套家伙同他一起去。

水娃对这活计没有什么信心,他一路上寻思,要是修鞋还差不多。擦鞋?谁花一块钱擦一次鞋(要是鞋油好些得三块),这人准有毛病。但在火车站前,他们摊还没摆好,生意就来了。这一晚上到十一点,水娃竟挣了十四块!但在回去的路上,二宝一脸晦气,说今天生意不好,言下之意显然是水娃抢了他的买卖。

"窗户下那些个大铁箱子是啥?"水娃指着前面的一座楼问。

"空调,那屋里现在跟开春儿似的。"

"城里真好!"水娃抹了一把脸上的汗说。

"在这儿只要吃得苦,赚碗饭吃很容易的,但要想成家立业可就没门儿。"二宝说着用下巴指了指那幢楼,"买套房,两三千一平方米呢!"

水娃傻傻地问:"平方米是啥?"

二宝轻蔑地晃晃头,不屑理他。

水娃和十几个人住在一间同租的简易房中,这些人大都是进城打工和做小买卖的农民,但在大通铺上位置紧挨着水娃的却是个城里人,不过不是这个城市的。在这里时他和大家都差不多,吃的和他们一样,晚上也是光膀子在外面乘凉。但每天早晨,他都西装革履地打扮起来,走出门去像换了一个人,真给人"鸡窝里飞出金凤凰"的感觉。这人姓庄名宇,大伙倒是都不讨厌他,这主要是因为他带来的一样东西。那东西在水娃看来就是一把大伞,但那伞是用镜子做的,里面光亮亮的,把伞倒放在太阳地里,在伞把头上的一个托架上放一锅水,那锅底被照得晃眼,锅里的水很快就开了,水娃后来知道这叫太阳灶。大伙用这东西做饭烧水,省了不少钱,可没太阳时不能用。

这把叫太阳灶的大伞没有伞骨,就那么薄薄的一片。水娃最迷惑的时候就是看庄宇收伞:伞上伸出一根细细的电线一直通到屋里,收伞时庄宇进屋拔下电线的插销,那伞就噗的一下摊到地上,变成了一块银色的布。水娃拿起布仔细看,它柔软光滑,轻得几乎感觉不到分量,表面映着自己变形的怪像,还变幻着肥皂泡表面的那种彩纹,一松手,银布从指缝间无声地滑落到地上,仿佛是一掬轻盈的水银。当庄宇再插上电源的插销时,银布便如同一朵开放的荷花般懒洋洋地伸展开来,很快又变成一个圆圆的伞面倒立在地上。再去摸摸那伞面,薄薄的、硬硬的,轻敲会发出悦耳的金属声响,它强度很高,在地面固定后能撑住一个装满水的锅或壶。

庄宇告诉水娃:"这是一种纳米材料,表面光洁,具有很好的反光性,强度很高,最重要的是,它在正常条件下呈柔软状态,但在通入微弱电流后,会变得坚硬。"

水娃后来知道,这种叫纳米镜膜的材料是庄宇的一项研究成果。申请专利后,他倾其所有投入资金,想为这项成果打开市场,但包括便携式太阳灶在内的几项产品都无人问津,结果血本无归,现在竟穷到向水娃借钱交房租。虽落到这地步,但这人一点儿都没有消沉,每天仍东奔西跑,企图为这种新材料的应用找到出路,他告诉水娃,这里是自己跑过的第十三个城市了。

除了那个太阳灶外,庄宇还有一小片纳米镜膜,平时它就像一块银色的小手帕摊放在床边的桌子上。每天早晨出门前,庄宇总要打开一个小小的电源开关,那块银手帕立刻变成硬硬的一块薄片,成了一面光洁的小镜子,庄宇会对着它梳理打扮一番。有一天早晨,他对着小镜子梳头时斜视了刚从床上爬起来的水娃一眼,说:"你应该注意仪表,常洗脸,头发别总是乱乱的。还有你这身衣服,不能买件便宜点的新衣服吗?"

水娃拿过镜子照了照,笑着摇摇头,意思是对一个擦鞋的来说,那么麻烦没有用。

庄宇凑近水娃说:"现代社会充满着机遇,满天都飞着金鸟,哪天说不定你一伸手就抓住一只,前提是你得拿自己当回事儿。"

水娃四下看了看,没什么金鸟儿,他摇摇头说:"我没读过多少书呀。"

"这当然很遗憾,但谁知道呢,有时这说不定是一个优势。这个时代的伟大之处就在于其捉摸不定,谁也不知道奇迹会在谁身上发生。"

"你……上过大学吧?"

"我有固体物理学博士学位,辞职前是大学教授。"

庄宇走后,水娃目瞪口呆了好半天,然后又摇摇头,心想庄宇这样的人跑了十三个城市都抓不到那鸟儿,自己怎么行呢?他感到这家伙是在取笑自己,不过这人本身也够可怜、够可笑的了。

这天夜里,屋里的其他人有的睡了,有的聚成一堆打扑克,水娃和庄宇则到门外几步远的一个小饭馆里看人家的电视。这时已是夜里十二点,电视中正在播新闻,屏幕上只有播音员,没有其他画面。

"在今天下午召开的国务院新闻发布会上,新闻发言人透露,举世瞩目的中国太阳工程已正式启动,这是继"三北"防护林之后又一项改造国土生态的超大型工程……"

水娃以前听说过这个工程,知道它将在我们的天空中再建造一个太阳;这个太阳能给干旱的大西北带来更多的降雨。这事对水娃来说太玄乎,像第一次遇到这类事一样,他想问庄宇,但扭头一看,见庄宇睁圆双眼瞪着电视,半张着嘴,好像被它摄去了魂儿。水娃用手在他面前晃了晃,他毫无反应,直到那则新闻过去很久才恢复常态,自语道:"真是,我怎么就没想到中国太阳呢?"

水娃茫然地看着他,他不可能不知道这件连自己都知道的事,这事儿哪个中国人不知道呢?他当然知道,只是没想到,那他现在想到了什么呢?这事与他庄宇——一个住在闷热的简易房中的潦倒流浪者,能有什么关系?

庄宇说:"记得我早上说的话吗?现在一只金鸟飞到我面前了,好大的一只金鸟,其实它以前一直在我的头顶盘旋,我居然没感觉到!"

水娃仍然迷惑不解地看着他。

庄宇站起身来:"我要去北京了,赶两点半的火车。小兄弟,你跟我去吧!"

"去北京?干什么?"

"北京那么大,干什么不行?就是擦皮鞋,也比这儿挣得多好多!"

于是,就在这天夜里,水娃和庄宇踏上了一列连空座位都没有的拥挤的列车。列车穿过夜色中广阔的西部原野,向太阳升起的方向驰去。

人生第三个目标：
到更大的城市，见更大的世面，挣更多的钱

  第一眼看到首都时，水娃明白了一件事：有些东西你只能在看见后才知道是什么样，凭想象是绝对想不出来的。比如北京之夜，就在他的想象中出现过无数次，最早不过是把镇子或矿上的灯火扩大许多倍，然后是把省城的灯火扩大许多倍，当他和庄宇乘坐的公共汽车从西站拐入长安街时，他知道，过去那些灯火就是扩大一千倍，也不是北京之夜的样子。当然，北京的灯绝对不会有一千个省城的灯那么多、那么亮，但北京的某种东西，是那个西部的城市怎样叠加也产生不出来的。

  水娃和庄宇在一个便宜的地下室旅馆住了一夜后，第二天早上就分了手。临别时庄宇祝水娃好运，并说如果以后有难处可以找他，但当水娃让他留下电话或地址时，他却说自己现在什么都没有。

  "那我怎么找你呢？"水娃问。

  "过一阵子，看电视或报纸，你就会知道我在哪儿。"

  看着庄宇远去的背影，水娃迷惑地摇摇头。他这话可真是让人费解：这人现在已一文不名，今天连旅馆都住不起了，早餐还是水娃出的钱，甚至连他那个太阳灶，也在起程前留给房东顶了房费。现在，他已是一个除了梦之外什么都没有的乞丐。

  与庄宇分别后，水娃立刻去找活儿干，但大都市给他的震撼使他很快忘记了自己的目的。整个白天，他都在城市中漫无目标地闲逛，仿佛是行走在仙境中，一点儿都不觉得累。

  傍晚，他站在首都的新象征之一、去年落成的五百米高的航天大厦前，仰望着那直插云端的玻璃绝壁，在上面，渐渐暗下去

的晚霞和很快亮起来的城市灯海在进行着摄人心魄的光与影的表演，水娃看得脖子酸疼。当他正要走开时，大厦本身的灯也亮了起来，这奇景以一种更大的力量攫住了水娃的全部身心，他继续在那里仰头呆望着。

"你看了很长时间，对这工作感兴趣？"

水娃回头，看到说话的是一个年轻人，典型的城里人打扮，但手里拿着一顶黄色的安全帽。"什么工作？"水娃迷惑地问。

"那你刚才在看什么？"那人问，同时拿安全帽的手向上一指。

水娃抬头向他指的方向看，看到高高的玻璃绝壁上居然有几个人，从这里看去只是几个小黑点儿。"他们在那么高干什么呀？"水娃问，又仔细地看了看，"擦玻璃？"

那人点点头："我是蓝天建筑清洁公司的人事主管，我们公司，主要承揽高层建筑的清洁工程，你愿意干这工作吗？"

水娃再次抬头看，高空中那几个蚂蚁似的小黑点让人头晕目眩："这……太吓人了。"

"如果是担心安全那你尽管放心，这工作看起来危险，正是这点使它招工很难，我们现在很缺人手。但我向你保证，安全措施是很完备的，只要严格按规程操作，绝对不会有危险，且工资在同类行业中是最高的，你嘛，每月工资一千五，工作日管午餐，公司代买人身保险。"

这钱数让水娃吃了一惊，他呆呆地望着人事主管，后者误解了水娃的意思："好吧，取消试用期，再加三百，每月一千八，不能再多了。以前这个工种基本工资只有四五百，每天有活儿干再额外计件儿，现在是固定月薪，相当不错了。"

于是，水娃成了一名高空清洁工，英文名字叫蜘蛛人。

人生第四个目标：成为一个北京人

水娃与四位工友从航天大厦的顶层谨慎地下降，用了四十分钟才到达它的第八十三层，这是他们昨天擦到的位置。蜘蛛人最头疼的活儿就是擦倒角墙，即与地面的角度小于九十度的墙。而航天大厦的设计者为了表现他那变态的创意，把整个大厦设计成倾斜的，在顶部由一根细长的立柱与地面支撑，据这位著名建筑师说，倾斜更能表现出上升感。这话似乎有道理，这座摩天大厦也名扬世界，成为北京的又一标志性建筑。但这位建筑师的祖宗八代都被北京的蜘蛛人骂遍了，清洁航天大厦的活儿对他们几乎是一场噩梦，因为这个倾斜的大厦整整一面全是倒角墙，高达四百米，与地面的角度小到六十五度。

到达工作位置后，水娃仰头看看，头顶上这面巨大的玻璃悬崖仿佛正在倾倒下来。他一只手打开清洁剂容器的盖子，另一只手紧紧抓着吸盘的把手。这种吸盘是为清洁倒角墙特制的，但并不好使，常常脱吸，这时蜘蛛人就会荡离墙面，被安全带吊着在空中打秋千。这种事在清洁航天大厦时多次发生，每次都让人魂飞天外。就在昨天，水娃的一位工友脱吸后远远地荡出去，又荡回来，在强风的推送下直撞到墙上，撞碎了一大块玻璃，在他的额头和手臂上各划了一道大口子，而那块昂贵的镀膜高级建筑玻璃让他这一年的活儿白干了。

到现在为止，水娃干蜘蛛人的工作已经两年多了，这活儿可真不容易。在地面上有二级风力时，百米空中的风力就有五级，而现在的四五百米的超高层建筑上，风就更大了。危险自不必说，从21世纪初开始，蜘蛛人的坠落事故就时有发生。在冬天时那强风就像刀子一样锋利；清洗玻璃时最常用的氢氟酸洗剂腐蚀性很大，使手指甲先变黑再脱落；而到了夏天，为防洗涤药水的腐蚀，还得穿着不透气的雨衣雨裤雨鞋。如果是擦镀膜玻璃，背上太阳暴晒，面前玻璃反射的阳光也让人睁不开眼，这时水娃的感觉真像是被放在庄宇的太阳灶上。

但水娃热爱这个工作，这两年多是他有生以来最快乐的时光。这固然因为在外地来京的低文化层次的打工者中，蜘蛛人的收入相对较高，更重要的是，他从工作中获得了一种奇妙的满足感。他最喜欢干那些别的工友不愿意干的活儿：清洁新近落成的超高建筑，这些建筑的高度都在二百米以上，最高的达五百米。悬在这些摩天大楼顶端的外墙上，北京城在下面一览无遗地伸延开来，那些20世纪建成的所谓高层建筑从这里看下去是那么矮小，再远一些，它们就像一簇簇插在地上的细木条，而城市中心的紫禁城则像是用金色的积木搭起来的；在这个高度听不到城市的喧闹，整个北京城成了一个可以一眼望全的整体，成了一个以蛛网般的公路为血脉的巨大的生命，在下面静静地呼吸着。有时，摩天大楼高耸在云层之上，腰部以下笼罩在阴暗的暴雨之中，腰部以上却阳光灿烂，干活儿时脚下是一望无际的滚滚云海，每到这时，水娃总觉得他的身体都被云海之上的强风吹得透明了……

水娃从这经历中学到了一个哲理：事情得从高处才能看清楚。如果你淹没于这座大都市之中，周围的一切是那么纷繁复杂，城市仿佛是一个无边无际的迷宫，但从这高处一看，整座城市不过是一个有一千多万人的大蚂蚁窝罢了，而它周围的世界又是那么广阔。

在第一次领到工资后，水娃到一个大商场转了转，乘电梯上到第三层时，他发现这是一个让自己迷惑的地方。与繁华的下两层不同，这一层的大厅比较空旷，只摆放着几张大得惊人的低桌子，在每张桌子宽阔的桌面上，都有一片小小的楼群，每幢楼有一本书那么高。楼间有翠绿的草地，草地上有白色的凉亭和回廊……这些小建筑好像是用象牙和奶酪做成的，看上去那么可爱，它们与绿草地一起，构成了精致的小世界，在水娃眼中，真像是一个个小天堂的模型。最初他猜测这是某种玩具，但这里见不到孩子，桌边的人们也一脸认真和严肃。他站在一个小天堂边上对着它出神地望了很久，一位漂亮的小姐过来招呼他，他这才知道这里是出售商品房的地方。他随便指着一幢小楼，问最顶上那套房多少钱，小姐告诉他那是三室一厅，每平方米三千五百元，总价值三十八万元。听到这数目水娃倒吸一口冷气，但小姐接下来的话让这冷酷的数字温柔了许多：

"分期付款，每月一千五百到两千元。"

他小心地问："我……我不是北京人，能买吗？"

小姐给了他一个动人的微笑："您可真逗，户口已经取消几年了，还有什么北京人不北京人的？您住下不就是北京人了吗？"

水娃走出商场后，漫无目的地在街上走了很长时间，夜晚的北京在他的周围五光十色地闪耀着，他的手中拿着售房小姐给他的几张花花绿绿的广告页，不时停下来看看。仅在一个多月前，在那座遥远的西部城市的简易房中，在省城拥有一套住房对他来说都还是一个神话，现在，他离买下那套北京的住房还有相当的距离，但这已不是神话了，它由神话变成了梦想，而这梦想，就像那些精致的小模型一样，实实在在地摆在眼前，可以触摸到了。

这时，有人在里面敲水娃正在擦的这面玻璃，这往往是麻烦事。在办公室窗上出现的高楼清洁工总让超级大厦中的白领们有一种莫名的烦恼,好像这些人真如其俗名那样是一个个异类大蜘蛛,他们之间的隔阂远不止那面玻璃。在蜘蛛人干活儿时,里面的人不是嫌有噪声就是抱怨阳光被挡住了,变着法儿和他们过不去。航天大厦的玻璃是半反射型的,水娃很费劲地向里面看,终于看清了里面的人,那居然是庄宇!

分手后,水娃一直惦记着庄宇,在他的记忆中,庄宇一直是一个西装革履的流浪汉,在这个大城市中深一脚浅一脚地过着艰难的生活。在一个深秋之夜,正当水娃在宿舍中默默地为庄宇过冬的衣服发愁时,却真的在电视上看到了他!这时,中国太阳工程正在选择构建反射镜的材料,这是工程最关键的技术核心,在十几种材料中,庄宇研制的纳米镜膜被最后选中了。他由一名科技流浪汉变成了中国太阳工程的首席科学家之一,一夜之间举世闻名。这以后,虽然庄宇频频在各种媒体出现,水娃反而把他忘记了,他觉得他们之间已没有什么关系。

在那间宽大的办公室里,水娃看到庄宇。与两年前相比,从里到外都没有变,甚至还穿着那身西装,现在水娃知道,这身当时在他眼中高级华贵的衣服实际上次透了。水娃向他讲述了自己在北京的生活,最后他笑着说:"看来咱俩在北京干得都不错。"

"是的是的,都不错!"庄宇激动地连连点头,"其实,那天早晨对你说那些关于时代和机遇的话时,我几乎对一切都失去了信心,我是说给自己听的,但这个时代真的充满了机遇。"

水娃点点头:"到处都是金色的鸟儿。"

接着,水娃打量起这间充满现代感的大办公室来,这里最引人注目的是那一套不同寻常的装饰物:办公室的天花板整个是一幅星空的全息图像，所以在办公室中的人如同置身于一个灿烂星空下的院子。在这星空的背景前悬浮着一个银色的圆形曲面，那是一个镜面，很像庄宇的那个太阳灶，但水娃知道，这个太阳灶面积可能有几十个北京那么大。在天花板的一角，有一盏球形的灯，与这镜面一样，这灯球没有任何支撑地悬浮在空中，发出耀眼的黄光。镜面把它的一束光投射到办公桌旁的一个大地球仪上，在其表面打出一个圆圆的亮点。那个灯球在天花板下缓缓飘移着，镜面转动着追踪它，始终保持着那束投向地球仪的光束。星空、镜面、灯球、光束、地球仪和其表面的亮点，形成了一幅抽象而神秘的构图。

"这就是中国太阳吗？"水娃指着镜面敬畏地问。

庄宇点点头："这是一个面积达三万平方公里的反射镜，它在三万六千公里高的同步轨道上向地球反射阳光，在地面看上去，天空中像多了个太阳。"

"我一直搞不明白，天上多个太阳，地上怎么会多了雨水呢？"

"这个人造太阳可以以多种方式影响天气，比如通过改变大气的热平衡来影响大气环流、增加海洋蒸发量、移动锋面等，这一两句话说不清楚。其实，轨道反射镜只是中国太阳工程的一部分，另一部分是一个复杂的大气运动模型，它运行在许多台超级计算机上，精确地模拟出某一区域大气的运动状态，然后找准一个关键点，用人造太阳的热量施加影响，就会产生出巨大的效应，足以在一段时间内完全改变目标区域的气候……这个过程极其复杂，不是我的专业，我也不太明白。"

水娃又问了一个庄宇肯定明白的问题，他知道自己的问题太傻，但还是鼓足勇气问了出来："那么大个东西悬在天上，不会掉下来吗？"

庄宇默默地看了水娃几秒钟，又看了看表，一抽水娃的肩膀说："走，我请你吃饭，同时让你明白中国太阳为什么不会掉下来。"

但事情远没有庄宇想得那么简单，他不得不把要讲授的知识线移到最底层。水娃知道自己生活在一个圆的地球上，但他意识深处的世界还是一个天圆地方的结构，庄宇费了很大劲才使他真正明白了我们的世界只是一颗飘浮在无际虚空中的小石球。这个晚上水娃并没有搞明白中国太阳为什么不会掉下来，但这个宇宙在他的脑海中已完全变了样，他进入了自己的托勒密时代。第二个晚上，庄宇同水娃到大排档去吃饭，并成功地使水娃进入了哥白尼时代。又用了两个晚上，水娃艰难地进入了牛顿时代，知道了（当然仅仅是知道了）万有引力。接下来的一个晚上，借助于办公室中的那个大地球仪，庄宇使水娃迈进了航天时代。在接下来的一个公休日，也是在那个大地球仪前，水娃终于明白了同步轨道是什么意思，同时也明白了中国太阳为什么不会掉下来。

在这一天，庄宇带水娃参观了中国太阳工程的指挥中心，在一个高大的屏幕上映出了同步轨道上中国太阳建设工地的全景：漆黑的空间中飘浮着几块银色的薄片，航天飞机在那些薄片前像几只小小的蚊子。最让水娃感到震撼的，是另一个大屏幕上从三万六千公里高度拍摄的地球，他看到，大陆像漂浮在海洋上的一张张大牛皮纸，山脉像牛皮纸的皱褶，而云层如同牛皮纸上残留的一片片白糖末……庄宇指给水娃看哪里是他的家乡，哪里是北京，水娃呆呆地看了好半天，冒出一句话："站在这么高处，人想的事情肯定不一样……"

三个月后，中国太阳的主体工程完工，在国庆节之夜，反射镜首次向地球的黑夜部分投射阳光,并把巨大的光斑固定在京津地区。这天夜里,水娃在天安门广场上同几十万人一起目睹了这壮丽的日出:西边的夜空中,一颗星星的亮度急剧增强,在这颗星的周围有一圈蓝天在扩散,当中国太阳的亮度达到最大时,这圈蓝天已占据了半个天空的面积,在它的边缘,色彩由纯蓝渐渐过渡到黄色、橘红和深紫,这圈渐变的色彩如一圈彩虹把蓝天围在中央,形成了人们所称的"环形朝霞"。

水娃在凌晨四点才回到宿舍,他躺在狭窄的上铺,中国太阳的光芒从窗中照进来,照在枕边墙上那几张商品住宅广告页上,水娃把那几张彩纸从墙上撕了下来。

在中国太阳的天国之光下,他曾为之激动不已的理想显得那么平淡渺小。

两个月后,清洁公司的经理找到水娃,说中国太阳工程指挥中心的庄总让他去一下。自从清洁航天大厦的活儿干完后,水娃就再也没见过庄宇。

"你们的太阳真是伟大!"在航天大厦的办公室中见到庄宇后,水娃由衷地赞叹道。

"是我们的太阳,特别是你也有份儿:现在在这里看不到中国太阳了,它正在给你的家乡造雪呢!"

"我爸妈来信说,那里今冬的雪真的多了起来!"

"但中国太阳也遇到了大问题,"庄宇指指身后的一块大屏幕,上面显示着两个圆形的光斑,"这是在同一位置拍摄的中国太阳的图像,时隔两个月,你能看出来它们有什么差别吗?"

"左边那个亮一些。"

"看,仅两个月,反射率的降低用肉眼都能看出来了。"

"怎么,是大镜子上落灰了吗?"

"太空中没有灰,但有太阳风,也就是太阳喷出的粒子流,时间一长,它使中国太阳的镜面表层发生了质变,镜面就蒙上了一层极薄的雾膜,反射率就降低了。一年以后,镜面将变得像蒙上一层水雾一样,那时中国太阳就变成了中国月亮,就什么事都干不了了。"

"你们开始没想到这些吗?"

"当然想到了……我们还是谈你的事吧!想不想换个工作?"

"换工作?我还能干什么呢?"

"还是干高空清洁工,但是在我们这里干。"

水娃迷惑地四下看看:"你们的大楼不是刚清洁过吗?还用专门雇高空清洁工?"

"不,不是让你擦大楼,是擦中国太阳。"

人生第五个目标:飞向太空擦太阳

这是一次由中国太阳工程运行部的高层领导人参加的会议,讨论成立镜面清洁机构的事。庄宇把水娃介绍给大家,并介绍了他的工作。当有人问到学历时,水娃诚实地说他只读过三年小学。

"但我认字的,看书没问题。"水娃对与会者说。

一阵笑声响起。"庄总,你这是在开玩笑吗?"有人气愤地喊道。

庄宇平静地说:"我没开玩笑。如果组成三十个人的镜面清洁队,把中国太阳全部清洁一遍需半年时间,按照清洁周期清洁队需要不停地工作,这至少要有六十到九十人进行轮换。如果正在制定中的空间劳动保护法出台,这种轮换可能需要更多的人,也就是说需要一百二十甚至一百五十人。我们难道要让一百五十名有博士学位的、在高性能歼击机上飞过三千小时的宇航员干这项工作吗?"

"那也得差不多点儿吧?在城市高等教育已经普及的今天,让一个文盲飞向太空?"

"我不是文盲!"水娃对那人说。

对方没理他,接着对庄宇说:"这是对这个伟大工程的亵渎!"

与会者们纷纷点头赞同。

庄宇也点点头:"我早就料到各位会有这种反应。在座的,除了这位清洁工之外都具有博士学位,那么好,就让我们看看各位在清洁工作中的素质吧!请跟我来。"

十几名与会者迷惑不解地跟着庄宇走出会议室,走进电梯。这种摩天大楼中的电梯分快、中、慢三种,他们乘坐的是最快的电梯,飞快加速,直上大厦的顶层。

有人说:"我是第一次乘这个电梯,真有乘火箭升空的感觉!"

"我们进入同步轨道后,大家还将体验清洁中国太阳的感觉。"庄宇说,周围的人都向他投来奇怪的目光。

走出电梯后,大家又跟着庄宇爬了一段窄扶梯,最后从一扇小铁门走出去,来到了大厦的露天楼顶。他们立刻置身于阳光和强风之中,上面的蓝天似乎比平时看到的清澈了许多,向四周望去,北京城尽收眼底。他们发现楼顶上已经有一小群人在等着,水娃吃惊地发现那竟是清洁公司的经理和他的蜘蛛人工友们!

庄宇大声说:"现在,我们就请大家体验一下水娃的工作。"

于是那些蜘蛛人走过来给每一位与会者扎上安全带,然后领他们走到楼顶边缘,使他们小心地站到十几个蜘蛛人作为工作平台的小小的吊板上;然后吊板开始慢慢下降,悬在距楼顶边缘五六米处不动了,被挂在大厦玻璃墙上的与会者们发出了一阵绝不掺假的惊叫声。

"各位,我们继续开会吧!"庄宇蹲着从楼顶边缘探出身去对下面的人喊。

"你个混蛋!快拉我们上去!"

"你们每人必须擦完一块玻璃才能上来!"

擦玻璃是不可能的,下面的人能做的只是死抓着安全带或吊板的绳索一动不敢动,根本不可能松开一只手去拿起放在吊板上的刷子或打开清洁剂桶的盖子。在他们的日常工作中,这些航天官员每天都在图纸或文件上与几万公里的高度打交道,但在这亲身体验中,四百米的高度已经令他们魂飞天外了。

庄宇站起身,走到一位空军大校的上面,他是被吊下去的十几个人中唯一镇定自若者。他开始擦玻璃,动作沉稳,最让水娃吃惊的是,他的两只手都在干活,并没有抓着什么稳定自己,而他的吊板在强风中贴着墙面一动不动,这对蜘蛛人来说也只有老手才能做到。当水娃认出他就是十多年前神舟八号飞船上的一名宇航员时,对眼前所见也就不奇怪了。

庄宇问:"张大校,你坦率地说,眼前的工作真的比你们在轨道上的太空行走作业容易吗?"

"如果仅从体力和技巧上来说,相差不是太多。"前宇航员回答说。

"说得好,宇航训练中心的一项研究表明,在人体工程学上，高层建筑清洁工的工作与太空中的镜面清洁工作有许多相似之处：都是在危险的环境中时时保持在平衡的位置上，从事重复单调且消耗体力的劳动，都要时时保持着警觉，稍一疏忽就会有事故发生。这种事故对宇航员来说，可能是错误飘移、工具或材料丢失、生命维持系统失灵等；对蜘蛛人来说，则可能是撞碎玻璃、工具或清洁剂跌落、安全带断裂滑脱等。在体能技巧方面，特别是在心理素质方面，蜘蛛人完全有能力胜任镜面清洁工作。"

前宇航员仰视着庄宇点了点头："这使我想起了那个古老的寓言：卖油人把油通过一个铜钱的方孔倒进油壶中，所需的技巧与将军把箭射中靶心同样高超，差异只在于他们的身份。"

庄宇接着说："哥伦布发现了美洲，库克发现了澳洲，但这些新世界都是由普通人开发的，这些开拓者在当时的欧洲处于社会的最下层。太空开发也一样，国家在下一个五年计划中把近地空间作为第二个西部，这就意味着航天事业的探险时代已经结束，它不再只是由少数精英从事的工作，让普通人进入太空，是太空开发产业化的第一步！"

"好了好了，你说的都对！但是快把我们弄上去啊！"下面的其他人声嘶力竭地喊着。

在回去的电梯上，清洁公司的经理凑到庄宇耳边低声说："庄总，您慷慨激昂了半天，讲的道理有点太大了吧？当然，当着水娃和我这些小弟兄的面，您不好把关键之处挑明。"

"嗯？"庄宇询问地看着他。

"谁都知道。中国太阳工程是以准商业方式运行的。中途差点因资金缺口而停工。现在，留给你们的运行费用没有多少了。在商业宇航中，正规宇航员的年薪都在百万以上，我这些小伙子们每年就可以给你们省几千万。"

庄宇神秘地一笑说："您以为，为这区区几千万我值得冒这个险吗？我这次故意把镜面清洁工的文化程度标准压到最低，这个先例一开，中国太阳运行中在空间轨道的其他工作岗位，我就可以用普通大学毕业生来做，这一下，省的可不止几千万。如您所说，这也是没办法的办法，我们真的没剩多少钱了。"

经理说："在我的童年和少年时代，进入太空是一种何等浪漫的事业，我清楚地记得，邓小平在访问肯尼迪航天中心时，把一位美国宇航员称作神仙。现在，"他拍着庄宇的后背苦笑着摇摇头，继续说道："我们彼此彼此了。"

庄宇扭头看了看那几名蜘蛛人小伙子，放大了声音说："但是，先生，我给他们的工资怎么说也是你的八到十倍！"

第二天，包括水娃在内的六十名蜘蛛人进入了坐落在石景山的中国宇航训练中心。他们都是从外地来京打工的农村后生，来自中国广阔田野的各个偏僻角落。

西昌基地，"地平线"号航天飞机。飞机从它的发动机喷出的大团白雾中探出头来，轰鸣着开上蓝天。机舱里坐着水娃和其他十四名镜面清洁工，经过三个月的地面培训，他们被从六十人中挑选出来，首批进入太空进行实际操作。

在水娃这时的感觉中，超重远不像传说中的那么可怕，他甚至有一种熟悉的舒适感——这是孩子被母亲紧紧抱在怀中的感觉。在他右上方的舷窗外，天空的蓝色在渐渐变深。舱外隐约传来爆破螺栓的啪啪声，助推器分离，发动机声由震耳的轰鸣变为蚊子似的嗡嗡声。天空变成深紫色，最后完全变黑，星星出现了，都不眨眼，十分明亮。嗡嗡声戛然而止，舱内变得很安静，座椅的振动消失了，接着后背对椅面的压力也消失了，失重出现。水娃他们是在一个巨大的水池中进行的失重训练，这时的感觉还真像是浮在水中。

但安全带还不能解开，发动机又嗡嗡地叫了起来，重力又把每个人按回椅子上，漫长的变轨飞行开始了。小小的舷窗中，星空和海洋交替出现，舱内不时充满了地球反射的蓝光和太阳白色的光芒。窗口中能看到的地平线的弧度一次比一次大，能看到的海洋和陆地的景色范围也一次比一次大。向同步轨道的变轨飞行整整进行了六个小时，舷窗中星空和地球的景色交替也渐渐具有催眠作用，水娃居然睡着了。但他很快被扩音器中指令长的声音惊醒，那声音说变轨飞行结束了。

舱内的伙伴们纷纷飘离座椅，紧贴着舷窗向外瞅。水娃也解开安全带，用游泳的动作笨拙地飘到离他最近的舷窗，他第一次亲眼看到了完整的地球。但大多数人都挤在另一侧的舷窗边，他也一蹬舱壁窜了过去，因速度太快在对面的舱壁上碰了脑袋。从舷窗望出去，他才发现"地平线"号已经来到中国太阳的正下方，反射镜已占据了星空的大部分面积，航天飞机如同是一只飞行在一个巨大的银色穹顶下的小蚊子。"地平线"号继续靠近，水娃渐渐体会到镜面的巨大：它已占据了窗外的所有空间，一点都感觉不到它的弧度；他们仿佛飞行在一望无际的银色平原上。距离在继续缩短，镜面上现了"地平线"号的倒影，可以看到银色大地上有一条条长长的接缝，这些接缝像地图上的经纬线一样织成了方格，成了能使人感觉到相对速度的唯一参照物。渐渐地，银色大地上的经线不再平行，而是向一点会聚，这趋势急剧加快，好像"地平线"号正在驶向这巨大地图上的一个极点。极点很快出现了，所有经线接缝都会聚在一个小黑点上，航天飞机向着这个小黑点下降，水娃震惊地发现，这个黑点竟是这银色大地上的一座大楼，这座大楼是一个全密封的圆柱体，水娃知道，这就是中国太阳的控制站，是他们以后三个月在这冷寂太空中唯一的家。

太空蜘蛛人的生活就这样开始了。每天（中国太阳绕地球一周的时间也是24小时），镜面清洁工们驾驶着一台台有手扶拖拉机大小的机器擦光镜面，他们开着这些机器在广阔的镜面上来回行驶，很像是在银色的大地上耕种着什么，于是西方新闻媒体给他们起了一个更有诗意的名字：镜面农夫。这些"农夫"们的世界是奇特的，他们脚下是银色的平原，由于镜面的弧度，这平原在远方的各个方向缓缓升起，但由于面积巨大，周围看上去如水面般平坦。上方，地球和太阳总是同时出现，后者比地球小得多，倒像是它的一颗光芒四射的卫星。在占据天空大部分的地球上，总能看到一个缓缓移动的圆形光斑，在地球黑夜的一面这光斑尤其醒目，这就是中国太阳在地球上照亮的区域。镜面可以调整形状以改变光斑的大小，当银色大地在远方上升的坡度较陡时，光斑就小而亮，当上升坡度较缓时，光斑就大而暗。

但镜面清洁工的工作是十分艰辛的，他们很快发现，清洁镜面的枯燥和劳累，比在地球上擦高楼有过之而无不及。每天收工回到控制站后，往往累得连太空服都脱不下来。随着后续人员的到来，控制站里拥挤起来，人们像生活在一个潜水艇中。但能够回到站里还算幸运，镜面上距控制站最远处近一百公里，清洁到外缘时往往下班后回不来，只能在"野外"过"夜"，从太空服中吸些流质食物，然后悬在半空中睡觉。工作的危险更不用说，镜面清洁工是人类航天史上进行太空行走最多的人，在"野外"，太空服的一个小故障就足以置人于死地，还有微陨石、太空垃圾和太阳磁暴等。这样的生活和工作条件使控制站中的工程师们怨气冲天，但天生就能吃苦的"镜面农夫"们却默默地适应了这一切。

在进入太空后的第五天，水娃与家里通了话，这时水娃正在距控制站五十多公里处干活，他的家乡正处于中国太阳的光斑之中。

水娃爹："娃啊，你是在那个日头上吗？它在俺们头上照着呢，这夜跟白天一样啊！"

水娃："是，爹，俺是在上面！"

水娃娘："娃啊，那上面热吧？"

水娃："说热也热，说冷也冷，俺在地上投了个影儿，影儿的外面有咱那儿十个夏天热，影儿的里面有咱那儿十个冬天冷。"

水娃娘对水娃爹："我看到咱娃了，那日头上有个小黑点点！"

水娃知道那是不可能的，他的眼泪涌了出来，说："爹、娘，俺也看到你们了，亚洲大陆的那个地方也有两个小黑点点！明天多穿点衣服，我看到一大股寒流从大陆北面向你们那里移过去了！"

……

三个月后换班的第二分队到来，水娃他们返回地球去休三个月的假。他们着陆后的第一件事就是每人买了一架单筒高倍望远镜。三个月后他们回到中国太阳上，在工作的间隙大家都用望远镜遥望地球，望得最多的当然还是家乡，但在四万公里的距离上是不可能看到他们的村庄的。他们中有人用粗笔在镜面上写下了一首稚拙的诗：

在银色的大地上我遥望家乡
村边的妈妈仰望着中国太阳
这轮太阳就是儿子的眼睛
黄土地将在这目光中披上绿装

"镜面农夫"们的工作是出色的，他们逐渐承担了更多的任务，范围都超出了他们的清洁工作。首先是修复被陨石破坏的镜面，后来又承担了一项更高层次的工作：监视和加固应力超限点。

中国太阳在运行中，其姿态总是在不停地变化，这些变化是由分布在其背面的三千台发动机完成的。反射镜的镜面很薄，它由背面的大量细梁连成一个整体，在进行姿态或形状改变时，有些位置可能发生应力超限，如果不及时对各发动机的出力给予纠正，或在那个位置进行加固，任其发展，超限应力就可能撕裂镜面。这项工作的技术要求很高，发现和加固应力超限点都需要熟练的技术和丰富的经验。

除了进行姿态和形状调整外，最有可能发生应力超限的时间是在轨道理发时，这项操作的正式名称是：光压和太阳风所致轨道误差修正。太阳风和光压对面积巨大的镜面产生作用力，这种力量在每平方公里的镜面上达两公斤左右，使镜面轨道变扁上移，在地面控制中心的大屏幕上，变形的轨道与正常的轨道同时显示，很像是正常的轨道上长出了头发，这个离奇的操作名称由此而来。轨道理发时镜面产生的加速度比姿态和形状调整时大得多，这时"镜面农夫"们的工作十分重要，他们飞行在银色大地上空，仔细地观察着地面的每一处异常变化，随时进行紧急加固，每次都出色地完成了任务。他们的收入因此增长很多，但这中间得利最多的,还是已成为中国太阳工程第一负责人的庄宇,他连普通大学毕业生也不必雇了。

但"镜面农夫"们都明白,他们这批人是第一批也是最后一批只有小学文化程度的太空工人了,以后的太空工人最低也是大学毕业的。但他们完成了庄宇所设想的使命:证明了太空开发中的底层工作最重要的是技巧和经验,是对艰苦环境的适应能力,而不是知识和创造力,普通人完全可以胜任。

但太空也在改变着"镜面农夫"们的思维方式,没有人能像他们这样,每天从三万六千公里居高临下看地球,世界在他们面前只是一个可以一眼望全的小沙盘,地球村对他们来说不是一个比喻,而是眼前实实在在的现实。

"镜面农夫"作为第一批太空工人,曾在全世界引起了轰动。但随着近地空间开发产业化的飞速发展,许多超级工程在太空中出现,其中包括用微波向地面传送电能的超大型太阳能电站,微重力产品加工厂等,容纳十万人的太空城也开始建设。大批产业工人涌向太空,他们都是普通人,世界渐渐把"镜面农夫"们忘记了。

几年后,水娃在北京买了房子,建立了家庭,又有了孩子。每年他有一半时间在家里,一半时间在太空。他热爱这项工作,在三万多公里高空的银色大地长时间地巡行,使他的心中产生了一种超脱的宁静;他觉得自己已找到了理想的生活,未来就如同脚下的银色平原一样平滑地向前伸展。但后来的一件事打破了这种宁静,彻底改变了水娃的心路历程,这就是他与史蒂芬·霍金的交往。

没有人想到霍金能活过一百岁,这既是医学的奇迹,也是他个人精神力量的表现。当近地轨道的第一所太空低重力疗养院建立后，他成为第一位疗养者。但上太空的超重差一点要了他的命，返回地面也要经受超重，所以在太空电梯或反重力舱之类的运载工具发明之前，他可能回不了地球了。事实上，医生建议他长住太空，因为失重环境对他的身体是最合适不过的。

霍金开始对中国太阳没什么兴趣，他从低轨道再次忍受加速重力（当然比从地面进入太空时小得多）来到位于同步轨道的中国太阳，是想看看在这里进行的一项关于背景辐射强度各向微小异性的宇宙学观测，观测站之所以设在中国太阳背面，是因为巨大的反射镜可以挡住来自太阳和地球的干扰。但在观测完成，观测站和工作小组都撤走后，霍金仍不想走，说他喜欢这里，想多待一阵儿。中国太阳的什么东西吸引了他，新闻界做出了各种猜测，但只有水娃知道实情。

在中国太阳生活的日子里，霍金最喜欢做的事就是在镜面上散步，让人不可理解的是，他只在反射镜的背面散步，每天散步的时间长达几个小时。空间行走经验最丰富的水娃被站里指定陪博士散步。这时的霍金已与爱因斯坦齐名，水娃当然听说过他，但在控制站内第一次见到他时还是很吃惊，水娃想象不出一位瘫痪到如此程度的人怎么能做出这么大的成就，尽管他对这位大科学家做了什么还一无所知。但在散步时，丝毫看不出霍金的瘫痪，也许是有了操纵电动轮椅的经验，他操纵太空服上的微型发动机与正常人一样灵活。

霍金与水娃的交流很困难，他虽然植入了由脑电波控制的电子发声系统，说话不像20世纪那么困难了，但他的话要通过实时翻译器译成中文水娃才能听得懂。按领导的交代，为了不影响博士思考问题，水娃从不主动搭话，但博士却很愿与他交谈。

博士最先是问水娃的身世，然后回忆起自己的早年，他向水娃讲述童年时在阿尔班斯住的那幢阴冷的大房子，冬天结了冰的高大客厅中响着瓦格纳的音乐；还有那辆放在奥斯明顿磨坊牧场的马戏车，他常和妹妹玛丽一起乘着它到海滩去；还有他常与父亲去的齐尔顿领地的爱文家灯塔……水娃惊叹这位百岁老人的记忆力，更让他吃惊的是，他们之间居然有共同语言，水娃讲述家乡的一切，博士很爱听，当走到镜面边缘时还让水娃指给他看家乡的位置。

时间长了，谈话不可避免地转到科学方面，水娃本以为这会结束他们之间难得的交流，但并非如此，向普通人用最通俗的语言讲述艰深的物理学和宇宙学，对博士来说似乎是一种休息。他向水娃讲述了大爆炸、黑洞、量子引力，水娃回去后就认真阅读博士在20世纪写的那本薄薄的小书，再向站里的工程师和科学家请教，居然明白了不少。

"知道我为什么喜欢这里吗？"一次散步到镜面边缘时，博士对着从边缘露出一角的地球对水娃说，"这个大镜面隔开了下面的地球，使我忘记了尘世的存在，能全身心地面对宇宙。"

水娃说："下面的世界好复杂的，可从这里远远地看，宇宙又是那么简单，只是空间中撒着一些星星。"

"是的，孩子，真是这样。"博士点点头说。

反射镜的背面与正面一样，也是镜面，只是多了如一座座小黑塔似的姿态和形状调整发动机。每天散步时，博士和水娃两人就紧贴着镜面缓缓地飘行，常常从中心一直飘到镜面的边缘。没有月亮时，反射镜的背面很黑，表面是星空的倒影。与正面相比，这里的地平线很近，且能看出弧形，星光下，由支撑梁组成的黑色经纬线在他们脚下移动，他们仿佛飘行在一个宁静的小星球的表面。遇上姿态或形状调整，反射镜背面的发动机启动，这小星球的表面被一柱柱小火苗照亮，更使这里呈现出一种美丽的神秘。在这小小的世界之上，银河在灿烂地照耀着。就在这样的境界中，水娃第一次接触到宇宙最深层的奥秘，他明白了自己所看到的所有星空，在大得无法想象的宇宙中也只是一粒灰尘，而这整个宇宙，不过是百亿年前一次壮丽焰火的余烬。

许多年前作为蜘蛛人踏上第一座高楼的楼顶时，水娃看到了整个北京；来到中国太阳时，他看到了整个地球；现在，水娃面对着他人生第三个壮丽的时刻，他站到了宇宙的楼顶上，看到了他以前做梦都不会想到的东西，虽然这知识还很粗浅，但足以使那更遥远的世界对他产生了一种难以抗拒的吸引力。

有一次水娃向站里的一位工程师说出了自己的一个困惑："人类在20世纪60年代就登上了月球，为什么后来反而缩了回来，到现在还没登上火星，甚至连月球也不去了？"

工程师说："人类是现实的动物，20世纪中叶那些由理想主义和信仰驱动的东西是没有长久生命力的。"

"理想和信仰不好吗？"

"不是说不好，但经济利益更好，如果从那时开始人类就不惜代价，做飞向外太空的赔本买卖，地球现在可能还在贫困之中，你我这样的普通人反而不可能进入太空，虽然只是在近地空间。朋友，别中了霍金的毒，他那套东西一般人玩不了的！"

水娃从此变了，他仍然像以前一样努力工作，表面平静地生活，但显然在想着更多的事。

时光飞逝，二十年过去了。这二十年中，水娃和他的伙伴们从三万六千公里的高度清楚地看到了祖国和世界的变化，他们看到，"三北"防护林形成了一条横贯中国东西的绿带，黄色的沙漠渐渐被绿色覆盖，家乡也不再缺少雨水和白雪，村前干枯的河床又盈满了清流……这一切也有中国太阳的一份功劳，它在改变大西北气候的宏大工程中起了很大的作用。除此之外，这些年中国太阳还干了许多不寻常的事，比如融化乞力马扎罗山的积雪以缓解非洲干旱，使举行奥运会的城市成为真正的不夜城……

但对于最新的技术来说，用这种方式影响天气显得过于笨拙，且有太多的副作用，中国太阳已完成了它的使命。

国家太空产业部举行了一个隆重的仪式，为人类第一批太空产业工人授勋。这不仅仅是表彰他们二十年来的辛勤而出色的工作，更重要的是，这六十位只有小学和初中文化程度的青年进入太空工作，标志着太空开发已对所有人敞开了大门，经济学家们一致认为，这是太空开发产业化的真正开端。

这个仪式引起了新闻媒体的极大注意，除了以上的原因，在普通大众心中，"镜面农夫"们的经历具有传奇色彩，同时，在这个追逐与忘却的时代，有一个怀旧的机会也是很不错的。

当年那些憨厚朴实的小伙子现在都已人到中年，但他们看上去变化并不是太大，人们从全息电视中还能认出他们。他们中的大部分人已通过各种方式接受了高等教育，其中有一些人还获得了太空工程师的职称，但无论在自己还是公众的眼里，他们仍是那群来自乡村的打工者。

水娃代表伙伴们讲话，他说："随着电磁输送系统的建成，现在进入近地空间的费用，只及乘飞机飞越太平洋费用的一半，太空旅行已变成一件平常而平淡的事。但新一代人很难想象，在二十年前进入太空对一个普通人来说意味着什么，很难想象那会是怎样令他激动和热血沸腾，我们就是那样一群幸运者。

"我们这些人很普通，没什么可说的，我们能有这样不寻常的经历是因为中国太阳。这二十年来，它已成为我们的第二家园,在我们的心目中它很像一个微缩的地球。最初,我们把镜面上的接缝当作北半球的经纬线,说明自己的位置时总是说在北纬多少度、东经西经多少度;到后来,随着我们对镜面的熟悉,渐渐在上面划分出了大陆和海洋,我们会说自己是在北京或莫斯科,我们每个人的家乡在镜面上也都有对应的位置,对那一块我们擦得最勤……在这个银色的小地球上我们努力工作,尽了自己的责任。先后有五位镜面清洁工为中国太阳献出了生命,他们有的是在太阳磁爆暴发时没来得及隐蔽,有的是被陨石或太空垃圾击中。

"现在,这块我们生活和工作了二十年的银色土地就要消失了,我们很难用语言表达自己的感受。"

水娃沉默了,已是太空产业部部长的庄宇接过了话头说:"我完全理解你们的感受,但在这里可以欣慰地告诉大家:中国太阳不会消失!我想你们也都知道了,对于这样一个巨大的物体,不可能采用20世纪的方式,让它坠入大气层烧掉,它将用另一种方式找到自己的归宿:其实很简单,只要停止进行轨道理发,并进行适当的姿态调整,太阳风和光压将最终使它超过第二宇宙速度,离开地球成为太阳的卫星。许多年后,行星际飞船会在遥远的地方找到它,那时我们也许会把它变成一个博物馆,我们这些人会再次回到那银色的平原上,一起回忆我们这段难忘的岁月。"

水娃突然显得激动起来,他大声问庄宇:"部长先生,你真的认为会有这一天,你真的认为会有行星际飞船吗?"

庄宇呆呆地看着水娃,一时说不出话来。

水娃接着说:"20世纪中叶,当阿姆斯特朗在月球上留下第一个脚印时,几乎所有的人都相信人类将在十到二十年之内登上火星。现在，八十六年过去了，别说火星了，月球也再没人去过，理由很简单：那是赔本买卖。

"20世纪冷战结束后，经济准则一天天地统治世界，人类在这个准则下也取得了巨大的成就。现在，我们消灭了战争和贫困，恢复了生态，地球正在变成一个乐园。这就使我们更加坚信经济准则的正确性，它已变得至高无上，渗透到我们的每个细胞中，人类社会已变成了百分之百的经济社会，投入大于产出的事是再也不会做了。对月球的开发没有经济意义，对行星的大规模载人探测是经济犯罪，至于进行恒星际航行，那是地地道道的精神变态，现在，人类只知道投入、产出，并享受这些产出了！"

庄宇点头说："21世纪人类的太空开发仍局限于近地空间，这是事实，它有许多更深刻的原因，已超出了我们今天的话题。"

"没有超出，现在，我们有了一个机会，只需花很少的钱就能飞出近地空间进行远程宇宙航行。太阳光压可以把中国太阳推出地球轨道，同样能把它推到更远的地方。"

庄宇笑着摇摇头："呵，你是说把中国太阳作为一个太阳帆船？从理论上说是没问题的，反射镜的主体薄而轻，面积巨大，经过长期的光压加速，理论上它会成为人类迄今发射过的速度最快的航天器。但这也只是从理论而言，实际情况是，一艘船只有帆并不能远航，它上面还要有人，一艘无人的帆船只能在海上来回打转，连港口都驶不出去，记得史蒂文森的《金银岛》里对此有生动的描述。要想借助于光压远航并返回，反射镜需要精确而复杂的姿态控制，而中国太阳是为在地球轨道上运行而设计的，离开了人的操作，它自己只能沿着无规则的航线瞎飘一气，而且飘不了太远。"

"不错,但它上面会有人的,我来驾驶它。"水娃平静地说。

这时,收视统计系统显示,对这个频道的收视率急剧上升,全世界的目光正在被吸引过来。

"可你一个人同样控制不了中国太阳,它的姿态控制至少需要……"

"至少需要十二人,考虑到星际航行的其他因素,至少需要十五到二十人,我相信会有这么多志愿者的。"

庄宇不知所措地笑笑:"真没想到,我们今天的谈话会转移到这个方向。"

"庄部长,二十年多前,你不止一次地改变了我的人生方向。"

"可我万万没有想到你沿着那个方向走了这么远,已远远超过我了。"庄宇感慨地说,"好吧,很有意思,让我们继续讨论下去吧!嗯……很遗憾,这个想法是不可行的:中国太阳最合理的航行目标是火星,可你想过没有,中国太阳不可能在火星上登陆。如果要登陆,将又是一笔巨大的开支,会使这个计划失去经济上的可行性;如果不登陆,那和无人探测器一样,有什么意义呢?"

"中国太阳不去火星。"

庄宇迷惑地看着水娃:"那去哪里?木星?"

"也不是木星,去更远的地方。"

"更远?去海王星?去冥王……"庄宇突然顿住,呆呆地盯着水娃看了好一会儿,"天啊,你不会是说……"

水娃坚定地点点头:"是的,中国太阳将飞出太阳系,成为恒星际飞船!"

与庄宇一样，全世界顿时目瞪口呆。

庄宇两眼平视前方，机械地点点头："好吧，就让我们不当你是在开玩笑，你让我大概估算一下……"说着他半闭起双眼开始心算。

"我已经算好了：借助太阳的光压，中国太阳最终将加速到光速的十分之一，考虑到加速所用的时间，大约需四十五年时间到达比邻星。然后再借助比邻星的光压减速，完成对半人马座三星系统的探测后，再向相反的方向加速，再用几十年时间返回太阳系。听起来是个美妙的计划，但实际上只是一个根本不可能实现的梦想。"

"你又想错了，到达比邻星后中国太阳不减速，以每秒三万多公里的速度掠过它，并借助它的光压再次加速，飞向天狼星。如果有可能，我们还会继续蛙跳，飞向第三颗恒星，第四颗……"

"你到底要干什么？"庄宇失态地大叫起来。

"我们向地球所要求的，只是一套高可靠性但规模较小的生态循环系统。"

"用这套系统维持二十个人上百年的生命？"

"听我说完，和一套生命低温冬眠系统。在航行的大部分时间我们处于冬眠状态，只在接近恒星时才启动生态循环系统，按目前的技术，这足以维持我们在宇宙中航行上千年。当然，这两套系统的价格也不低，但比起人类从头开始一次恒星际载人探测，它所需资金只有其千分之一。"

"就是一分钱不要，世界也不会允许二十个人去自杀。"

"这不是自杀，只是探险，也许我们连近在眼前的小行星带都过不去；也许我们会到达天狼星甚至更远，不试试怎么知道？"

"但有一点与探险不同：你们肯定是回不来了。"

水娃点点头："是的，回不来了。有人满足于老婆孩子热炕头，从不向与己无关的尘世之外扫一眼；有的人则用尽全部生命，只为看一眼人类从未见过的事物。这两种人我都做过，我们有权选择各种生活，包括在十几光年之遥的太空中飘荡的一面镜子上的生活。"

"最后一个问题：在上千年的时间里，以每秒几万甚至十几万公里的速度掠过一颗又一颗恒星，发回人类要经过几十年甚至几个世纪才能收到的微弱的电波，这有太大意义吗？"

水娃微笑着向全世界说："飞出太阳系的中国太阳，将会使享乐中的人类重新仰望星空，唤回他们的宇宙远航之梦，重新燃起他们进行恒星际探险的愿望。"

人生的第六个目标：
飞向星海，把人类的目光重新引向宇宙深处

庄宇站在航天大厦的楼顶，凝视着天空中快速移动的中国太阳。在它的光芒下，首都的高楼投下了无数快速移动的影子，使得北京仿佛是一个随着中国太阳转动的大面孔。

这是中国太阳最后一次环绕地球运行，它已达到了第二宇宙速度，将飞出地球的引力场，进入绕太阳运行的轨道。人类这第一艘载人恒星际飞船上有二十个人，除水娃外，其他人是从上百万名志愿者中挑选出来的，其中包括三名与水娃共事多年的"镜面农夫"。中国太阳还未启程就达到了它的目标：人类社会

对太阳系外宇宙探险的热情再次出现了。

庄宇的思绪回到了二十三年前的那个闷热的夏夜,在那个西北城市,他和一个来自干旱土地的农村男孩登上了开往北京的夜行列车。

作为告别,中国太阳把它的光斑依次投向各大城市,让人们最后一次看到它的光芒。最后,中国太阳的光斑投向大西北,水娃出生的那个小村庄就在光斑之中。

村边的小路旁,水娃的爹娘同乡亲们一起注视着向东方飞行的中国太阳。

水娃爹喊道:"娃啊,你要到老远的地方去吗?"

水娃从太空中回答:"是啊爹,怕是回不了家了。"

水娃娘问:"那地方很远?"

水娃回答:"很远,娘。"

水娃爹问:"比月亮还远吗?"

水娃沉默了几秒钟,用比刚才低许多的声音说:"是的,爹,比月亮远些。"

水娃的爹娘并不觉得特别难受,娃是在那比月亮还远的地方干大事呢!再说,这可是个了不起的年头,即使是远在天涯海角的人,随时都可以和他说话,还可以在小电视上看见他,这跟面对面没啥子区别。但他们不会想到,随着时间的流逝,那小屏幕上的儿子将变得越来越迟钝,对爹娘关切的问话,他要想好长时间才能回答。他想的时间开始只有几秒钟,以后越来越长,一年后,爹娘每问一句话,儿子将呆呆地想一个多小时才能回答。最后儿子将消失,他们将被告知水娃睡觉了,这一觉要睡四十多年。在这以后,水娃的爹娘将用尽余生,继续照顾那块曾经贫瘠现已肥沃起来的土地,过完他们那充满艰辛但已很满足的一生。

他们最后的愿望将是：在遥远未来的一天，终于回家的儿子能看到一个更美好的家园。

中国太阳正在飞离地球轨道，它在东方的天空中渐渐暗下去，它周围的蓝天也慢慢缩为一点；最后，它将变为一颗星星融入群星之中，但早在这之前，恒星太阳的曙光就会把它完全淹没。

曙光也照亮了村前的这条小路，现在路的两旁已种上了两排白杨，不远处还有一条与它平行的小河。二十四年前的那天，也是在这清晨时分，在同样的曙光下，一个西北农家的孩子怀着朦胧的希望在这条小路上渐渐远去。

这时北京的天已经大亮，庄宇仍站在航天大厦的楼顶，望着中国太阳最后消失的位置，它已踏上了漫长的不归路。中国太阳将首先进入金星轨道之内，尽可能地接近太阳，以获得更大的加速光压和更长的加速距离，这将通过一系列复杂的变轨飞行来实现，其行驶方式很像大航海时代驶逆向风的帆船。七十天后，它将通过火星轨道；一百六十天后，它将掠过木星；两年后，它将飞出冥王星轨道成为一艘恒星际飞船，飞船上的所有人将进入冬眠；四十五年后，它将掠过半人马座，宇航员们将短暂苏醒，自中国太阳启程一个世纪后，地球才能收到他们发回的关于半人马座的探测信息；随后，中国太阳将飞向天狼星，由于半人马座三星的加速，它的速度将达到光速的百分之十五，将于六十年后，也就是自地球启程一个世纪后到达天狼星，当中国太阳掠过这个由天狼星A、B构成的双星系统后，它的速度将增加到光速的十分之二，向星空的更深处飞去。按照飞船上生命冬眠系统能维持的时间极限，中国太阳有可能到达波江座 – ε 星，甚至可能（虽然这种可能性很小很小）最后到达鲸鱼座79星，这些恒星被认为可能有行星存在。

谁也不知道"中国太阳将飞多远,水娃他们将看到什么样的神奇世界",也许有一天他们对地球发出一声呼唤,要上千年才能得到回音。但水娃始终会牢记母亲行星上的一个叫中国的国度,牢记那个国度西部一片干旱土地上的一个小村庄,牢记村前的那条小路,他就是从那里启程的。

探索未来·好未来与坏未来

● 吕默默 / 文

何为过去？何为未来？过去和未来也许只相差一秒钟，又或许是一千年。十年前的我们不会想到今天的世界会是什么模样，智能手机能普及到何种程度，更无法想象智能手机能为我们做哪些事情。

让我们重新审视现在的世界，能预测到即将到来的未来会有什么样的改变吗？病毒肆虐？虫洞旅行？穿越时间？最有可能实现的是自动驾驶和虚拟现实席卷全球吧！无论即将到来的未来是好未来还是坏未来，我们都要做好准备。

本书对包括《中国太阳》在内的描写未来的小说一一解读，这其中有好未来：《充电》中描写了新型手机电池的应用，解放了手机，不再到哪里都需要准备一个充电宝或者充电器；《赢在起跑线》则对未来平行世界、镜像宇宙做了预测，也许在不远的将来，我们可以随意穿越平行宇宙，去看一看其他世界的自己；《太阳的后裔》则描写了一个能实现冬眠的世界，在那里，可以用药物进入冬眠，从而跨越大范围的距离。

当然，未来并不一定是好未来，现代科技也有可能带来一个十分糟糕的未来世界。这其中的坏未来有：《怒》这篇小说中，人类打扰了冰封于南极冰盖之下4 000米的远古生命体，把致命的远古病毒释放了出来，人类命运岌岌可危；《红苹果检查员》

■ 挪威斯瓦尔巴德群岛全球种子库,存放着100多万份生物种子,以防人类赖以生存的农作物因灾难而绝种(图片来自 Bjoertvedt)

则描写了未来世界所有人都将被植入芯片,时刻被监控着,只要有做坏事的念头都会被绳之以法。这样的世界是我们想要的未来吗?

  本书选择的十一篇小说中,有些篇目并不能单纯地确定为是好未来,还是坏未来,但都有可能是接下来人类即将经历的。如果真的进入这样的世界,我们应该如何面对呢?

一、能源决定着未来

人类无时无刻不在使用着能源，无论是远古时期还是现代世界，没有稳定的能源，文明世界将会轰然倒塌。这并不是耸人听闻。远古人类掌握了火的用法才使得文明往前走了一大步，别忘了火也是能量的一种形式。

那么，人类最早使用能量能追溯到什么时候呢？科学家经过多年的寻找和探查，发现人类最早使用火的证据可以追溯到南非的奇迹洞穴，那里发现了直立人使用过后的篝火灰烬。

人类也正是从那个时代，开始高速发展。火不仅杀死了寄生虫、让食物变得更容易消化，也拓宽了人类当时的食谱，养活了越来越多的人，同时也让人类更强壮。当然，更重要的是火在寒夜里给了我们祖先光和温暖。远古人类，包括直立人、尼安德特人和智人等人属物种也因此适应了黑暗寒冷的时空，为适应整个地球做好了准备。

当然，火带给人类的并不仅限于这些，它还间接让人类在制作工具的路上越走越远了。人类其实早在2万年前就已经有能力制作陶器了。陶器的发明，进一步丰富了人类的餐桌，例如，有了可以加热液体食物的炊具，更加拓宽了食谱，至少那些能炖煮的食物可以为我们所用。同时，这些器具的进一步使用，让女性可以用流食喂养婴幼儿，大幅提高了新生儿的存活率，增加了整个社会的劳动力。

回到我们现代世界，能量同样也支撑着这个世界，无论是瓦特改进蒸汽机还是电力的大范围应用，都一次又一次推动着世界往前飞奔。如今我们的世界里，最主要的能量形式是什么呢？这个答案显而易见，自然是电能。

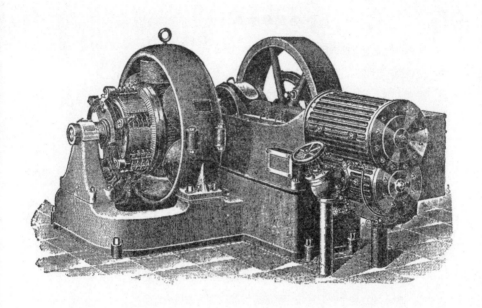

■ 20世纪初的发动机系统

正因为有了电能，灯泡才能亮，冰箱才能更长久地保存食物，烤箱才能把食物烤熟，手机才能充电，光缆才能让我们联接世界。在现代世界，没有智能手机将寸步难行，但没有电，一切更无从谈起。

试想每天醒来，可以不吃早饭，甚至可以不用手机，用回老旧的发条座钟，但去地铁站时，想用手机解锁共享单车……哦对！我们不能使用电。满头大汗走到地铁口，发现得自己爬下陡直的电梯，这还不算完，当我们拿出公交卡，发现闸机没电不能正常运作。工作人员拿着蜡烛赶来，手工检票，进入站台后，我们发现地铁停在那里，一动不动——电能驱动的车门不能自动开合，当然了，使用电才能跑起来的地铁已经无法运行了。

在更多的场景如果没有电，真的是一场噩梦。但这些电是从哪里来的呢？火电厂、水电厂、风电厂以及核电厂，这四类基本就涵盖了世界上大部分电能的来源。但这四种电厂都不足以撑起即将到来的未来。

顾名思义，火力发电厂，使用燃料燃烧产生热量和蒸汽，进而推动涡轮转起来进行发电。火力发电厂的优点是不受地理位置限制，在任何地方都可以修建，发电量平稳。想要发更多的电量，只需要增加机组，烧更多的煤、更多的油、更多的其他燃料就能达到目的。但这类电厂有个致命的缺点——需要大量的燃料，比如煤炭和石油，一旦这些化石能源消耗殆尽，火力发电厂基本就走到了尽头。科学家预计，到21世纪中叶，化石能源将基本被用完。

火力发电厂还有另外一个致命缺点，无论是煤炭还是石油燃烧发电，都会释放大量的温室气体。两极的冰川早就开始融化，

■ 澳大利亚的一座火力发电厂（RM VM 摄）

且速度越来越快,甚至北极曾出现高于30℃的高温,一旦南北极的冰川全部融化,海平面会升高60米左右,将给未来的地球带来巨大的灾难。

火电厂不行,环保的水电厂能否成为支撑起未来的能源源泉?并不能。

水电厂虽然环保,但有个致命性缺点——水电厂的修建位置必须临河或临江,否则哪来的水流发电呢?建在塔克拉玛干沙漠里的肯定不是水力发电厂,而且水力发电还有个问题就是它会受到季节的影响,丰水期自然可以满负荷运转,一旦进入枯水期,发电量就会下降,这甚至无法满足电力要求不断提高的现实世界,更别说未来世界了。

此外,目前的风电和核电都有各自致命的缺点,都不是完美的未来能源。但其中核电的发展具有重大潜力,关键在于可控核聚变技术的突破。

■ 举世闻名的中国长江三峡水电站(Le Grand Portage 摄)

二、未来能源"核聚变"

核聚变是两个较轻的原子核合成一个较重的原子核的过程,在这一过程中会释放大量的能量。目前实现核聚变反应的方式是将核聚变"燃料"不断加压、加热,直至开始反应。

这说起来很简单,但实际操作起来要困难得多。有多难?比人类以往做过的任何科技和工程都要艰难。因为要想实现人造核聚变,至少要把温度提高到千万度以上,而且还要把温度保持下去,还不能发生大规模的爆炸。自然界中我们既熟悉又陌生的核聚变是什么?是每天都会见到的太阳。这家伙时刻保持着愤怒,无时无刻不在释放着无数高能粒子,将之抛洒到广袤无垠的宇宙空间里。无论是太阳的光和热还是超高能的粒子都来自太阳核心的核聚变。

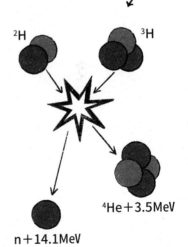

■ 一个D(氘)和T(氚)发生聚变反应会产生一个中子,并且释放17.6MeV的能量

科学家起初并没有发现核聚变反应,是因为在一般条件下氘核与氚核的混合态不会产生持续的核聚变。原子核由中子和质子组成,这些家伙能够"和平相处"是由非常强大的核力将之"控制"在一起,在极为狭小的区域形成原子核。为了打破这一平衡,需要将核子之间的距离压到小于10飞米(1飞米=10^{-15}米)——在太阳内部的高温高压条件下,原子核之间的各种粒子的平衡被打破,氢原子核聚变成氦原子,并释放出巨大的能量,所以太阳是人类最早认识、距离地球最近、规模最大的核聚变反应装置。

然而,在地球上我们要如何完成这一过程?

科学家们想到的第一个办法是氢弹——利用原子弹核爆产生的数千万度的高温和上亿倍的大气压强,"点燃"核聚变的燃料,释放出巨大的能量。

氢弹的能量释放剧烈程度远超人类的想象和掌控,根本无法和平利用。想在地球表面仅有一个大气压强、常温的环境下"启动"核聚变是一件相当困难的事情,但科学家们并未放弃。

在电影《钢铁侠》中,托尼·史塔克胸口的方舟反应堆（Arc Reactor）就是核聚变反应堆。但是在现实世界中,这暂时仍是不可实现的幻想。

想要控制、使用核聚变,必须对核聚变的过程进行约束,使释放能量的过程不那么剧烈。一般做法是将"点燃"的核聚变燃料封闭在一定的空间内,使用磁约束或者惯性约束方式控制核聚变的整个过程。

首先,要把核聚变燃料（例如氘和氚的混合物）变成"等离子体"。这需要对燃料进行升温操作,加热、加热、再加热,热到足以使原子核和电子分开,变成"一锅等离子体汤"。此时仅仅得到了带正电的原子核,它们彼此之间始终是排斥的,让它们能相互接近到足以开始聚变是一件极其困难的事情。所以必须继续加热、加压,使原子核剧烈转动,温度升高,密度变大。封闭的时间越长,彼此接近的机会越大,直到开始反应。

其次,要对等离子体进行约束。一是因为高温高压状态下的等离子体会很快"四散奔逃",所以这一过程必须在封闭空间内进行。二是"锅"承受不了"汤"的温度。等离子体的温度会被升到千万甚至上亿摄氏度,人类已知的任何容器都无法"盛放"这些滚烫的"等离子汤"。在太阳内部,这就不算事儿了,自有巨大的引力将等离子体约束在内部,不怕"泄漏"。由此,科学家开发出两种思路,一种是磁约束,另一种是惯性约束。

磁约束,顾名思义,由于等离子体带电,只要制造出足够强大的磁场,等离子体就会被"吸"在人为制造出来的磁线上,达到将等离子体约束在一定空间内的目的,然后抽真空阻止热量外泄,如此可以避免这些超热的"汤"烧透"锅底"。

实现磁约束核聚变的科学实验仪器中,最著名的是"托卡马克"装置,大部分国家目前研究使用的就是这个装置。虽然从原理上来说这一装置还算靠谱、安全,但也有致命缺点。"托卡马克"装置需要庞大的配套设备,例如加热设备、发电设备等,再加上它本身体积庞大,每个装置的成本都异常高昂,使得建设投

■ 目前世界上所有可发电的反应堆都是裂变反应堆。核裂变也会产生巨大能量,人类第一次真正理解核威力是在"二战时期"。这是1945年8月9日原子弹爆炸前后的日本长崎(上图为爆炸前,下图为爆炸后)

入变得十分惊人。

另一种约束等离子体的方法是惯性约束法。它也被称为脉冲性聚变——首先将几毫克的氘和氚的混合物放入直径几毫米的小球内。然后使用高能激光束或者粒子束射击，球面由于吸收了能量，便开始像火箭尾焰一般向外蒸发，受到其反作用力，球面内层开始向内冲击，球体内部的燃料受到挤压，压力快速升高，温度也急剧飙升。

当温度达到足以产生核聚变的点火温度时，小球就会爆炸，并释放出巨大的热能。因为燃料剂量很小，所以爆炸的级别便于控制，时间也很短，只有几万亿分之一秒。如果在一定的时间内，将这样的爆炸持续进行下去，所释放的热能就有机会顺利导出用于发电。

在这一方案中，不再需要"托卡马克"装置的巨大磁约束装备，但仍然要安装高能激光和粒子束发生器，占地面积也不会小。

到目前为止，小型的、可实用的聚变核反应堆还只是嵌在钢铁侠胸口的幻象，可控的核聚变道路仍然漫长。

以现在的技术来说，别说制作出钢铁侠胸口的方舟反应堆，就连实现持续、可控的核聚变反应都难如登天。

之前提到的"托卡马克"装置，从20世纪70年代开始就逐渐显现出独特的优越性，自20世纪80年代起，很多国家、组织陆续将其上马，托卡马克反应堆成了研究核聚变的主要途径。而我国也已经备齐相关装置，并进行了实验。例如，在2006年建成的"东方超环"EAST，已经实现了大于400秒的超高温约束等离子体运行。

由于可控核聚变的研究过于缓慢，名为国际热核聚变实验反应堆——ITER（International Thermonuclear Experimental Reactor）的"托克马克"装置开始被提上议程。这个国际合作项目成立于2007年，由七个成员实体资助和运行，包括欧盟、印度、日本、中国、俄罗斯、韩国和美国。项目预期将持续30年，其中10年用于建设，20年用于运行，耗资将超过百亿美元。ITER的科学目标是一次放电聚变燃烧维持时间400～3 000秒，离子体中心温度将达到1亿～2亿度。

但自20世纪50年代提出可控核聚变发电以来，每逢有媒体问到相关的研究者何时能实现，听到的回答总是50年以后。这之后是一个又一个10年、50年过去了，但仍然没有看到即将成功的迹象。这是因为所有的可控核聚变模型都有一个致命的缺点：输入的能量大于输出的能量。

无论是磁性约束还是脉冲核聚变，都需要超大的能量给燃料点火，"托卡马克"装置还需要配套的磁约束设施，额外消耗的能量更多。但如果给核聚变点火付出的能量大于反应输出的能量，这项研究就失去了意义。

前几年曾有报道称：一些惯性约束实验——也就是使用激光给燃料球点火的实验——成功获得了超过输入能量的输出能量。我国的"东方超环"也曾经在实验过程中获得过此类数据。但仅仅是持平或者超过一点点并不能让核聚变发电得到实际应用。核聚变得到的能量至少要比输入能量高出10倍，甚至30倍才有可能最终推广发电。现在看来，距离实现这一目标还很遥远。

如果我们实现了这一技术，人造的太阳就不会仅仅是传说中的"魔法"了。本书中的《太阳的后裔》描述了一个轨道极不稳定的星球进入漫长的冬季时，居住星球上的人类需要注射冬眠药物才能安然度过。如果有了人造小太阳，这些就都不是问题了。

三、"人造太阳"或者戴森球

在刘慈欣的小说《中国太阳》中,科学家已经可以制造出能游弋在地球轨道上、可以反射太阳光的巨大的反光镜,以调节地球的光照度以及温度。相对之前咱们聊过的核聚变发电来说,其难度要小得多,是另一种人造太阳。

但仅仅使用一个巨大的"太阳帆"类型的反光镜并不能支撑人类未来所需能源的缺口。以太阳为例,想要百分之百利用一颗恒星的能量,最简单的方法就是用高效率的太阳能板将恒星包裹得严严实实。这样的方法是不是有点眼熟?在许多科幻小说中都提到过这一人造设施——戴森球。

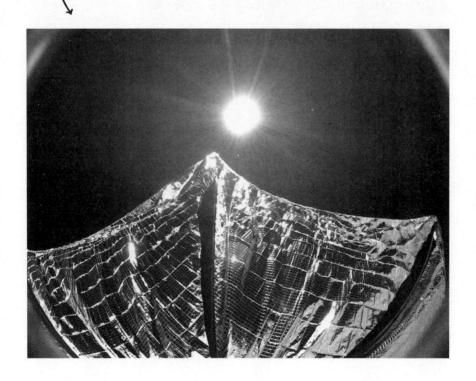

■ 借太阳光航行的航天器LightSail 1于2015年6月8日拍摄了这张在地球轨道上部署的太阳帆的图像(图片来自The Planetary Society)

20世纪50年代末,美国著名物理学家、数学家弗里曼·戴森提出过一种崭新的寻找外星人的理论。戴森认为随着文明的不断进步,行星上的化学能(石油、煤矿、天然气)很快就会消耗完。核能虽然高效但同样伴随着各式各样的危险,并不是最理想的清洁能源。最理想的清洁能源是太阳能。太阳洒在地球上的能量只是其全部释放能量的二十二亿分之一。如何能全部将之收集起来呢?这是不是要比一个太阳反光镜获得的太阳能量要多得多?这就是备受各路科幻作家青睐的"戴森球"。

■ 弗里曼·戴森(1923—2020年),美籍英裔数学物理学家,普林斯顿高等研究院教授。为量子电动力学的建立做出了决定性的贡献(图片来自Ioerror)

修建一个戴森球实在是太过困难,有计算为证。如何建造这个强大的戴森球呢?如果要给地球提供能源,最好的办法是把地球环包在戴森球当中。这就要先在地球绕日轨道附近建造一个戴森环——然后才能建成一个球体。地球到太阳的平均距离为1.5亿千米,所需要修建的戴森环直径为3亿千米,周长约为10亿千米。这有多长?平时我们走的高速公路一般限速120千米/小时,每天24小时保持这个速度匀速行进,不加油、不休息、不去洗手间,走完这个戴森环需要965年。如果这个戴森环宽仅1千米,整个面积就为10亿平方千米,这需要把至少两个地球的表面裁下来去造这一个戴森环。如果要建造整个完整的戴森球,把地球上所有的东西都拆掉改造成修建戴森球的原材料都是远远不够的。

戴森球的理论确实存在,以人类目前的技术还无法建造,但也许存在拥有更高科技水平的外星生命能办到呢?在著名科幻作

■ 无论是核聚变还是核裂变，都会伴随辐射现象，对生命会产生致命伤害，看到这个辐射标识，千万不要靠近

家拉里·尼文的星云奖、雨果奖双奖作品《环形世界》中描绘了以戴森球为蓝本的庞大的"环形世界"。书里边的"戴森环"有多大呢？圆环上的面积相当于三百万个地球，而且是"人造物"——别误会，这里边的人是指外星人——可见建造这个环形世界的外星生命体的科技有多发达。

物理学家弗里曼·戴森（Freeman Dyson）于20世纪60年代提出戴森球理论，此后这一理论一直被当成搜寻外星生命的方式之一。在诸多类似《环形世界》的世界背景设定的小说中，"戴森球"的直径通常大于2亿千米，是用来包裹恒星开采恒星能量的人造天体，是一个利用恒星做动力源的天然核融合反应堆。如果人类某一天观测到一颗恒星的光逐渐减少，那就有可能是外星人在建造戴森球，凭借这个就可以寻找有智慧生命居住的星系。不过以现在的认知来看，如果地外生命修建戴森球使用的能源是核聚变，那不如直接用核聚变获得能源，为什么要费劲去造一个包裹太阳的巨大太阳能板呢？直接造一个太阳不会更好吗？

关于未来能源聊了这么多，归根结底是想表明人类在未来解决能源问题的首选或许真的是核聚变，何时才能成真呢？这需要科学家们发挥想象力了。

四、坏未来生存指南

在未来到来之前,我们并不能准确地预知它,不过我们可以做个大方向的预测。例如,虽然我们无法预知2020年的这场疫情,但可以通过科学技术的发展,合理预测未来可能出现的灾难,以提前做好应对。

既然已经发生了,就先从病毒说起吧。

1. 未来世界的病毒

有了未来能源,我们不再为停电发愁,不再为到处找石油和煤矿头大,那未来就一定是美好的吗?并不一定,未来可能还有更多的问题和"灾难"等着人类。

例如现实世界中,新型冠状病毒的袭来,就是未来人类即将面对的一个大问题。不仅仅是新型冠状病毒,威胁人类世界的还有各种致命病毒,例如,艾滋病毒、埃博拉病毒等。为什么有致命病毒的未来是悲观的?这出自对人类目前为止的医疗水平的担忧。我们目前能够使用的抗生素理论上有上百种,大部分细菌引起的病症基本都能覆盖到,只是对病毒基本没什么效果。

迄今为止,医生和科学家对抗病毒的最有效的方法是避免感染,做好防护就是了;另一个是防患于未然——疫苗的大规模使用。

人类历史上对付天花、脊髓灰质炎病毒的防范更多的是依靠"种痘",这也是一种疫苗。其中天花病毒早在1980年就被扑灭了,是人类历

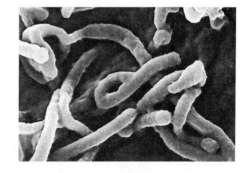

■ 埃博拉病毒是一种高死亡率、高传染性的致命病毒。图为显微镜下的埃博拉病毒(图片来自NIAID)

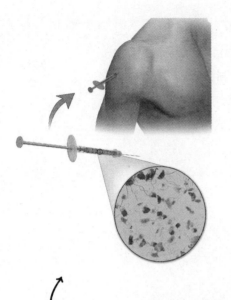

■ 接种疫苗简图

史上第一个被成功扑杀的烈性病毒。另一种比较严重的病毒脊髓灰质炎病毒曾经被预测将在2018年彻底消灭，但中间出了岔子，如今脊髓灰质炎病例虽然已经减少了99.9%，全世界大部分国家的病毒都停止了传播，但3型野生脊髓灰质炎病毒还在传播。在新型疫苗的助力下，也许在近几年脊髓灰质炎病毒就是人类第二个扑灭的病毒了。

本书中《怒》这篇小说描写的是远古病毒因为冰川解冻重新感染人类的故事，对此其实并不需要太担心，因为那是几百万年前的事情了，现代的病毒也许比那时候的病毒要强悍很多。我们要担心的恰恰是未来的病毒。

如何防患未来致命病毒呢？还是疫苗，疫苗是如何起作用的呢？

他人的救兵与自身的特种兵

如果说现代社会有哪些东西是我们离不开的，除了微信和手机之外，疫苗绝对算一个。从小到大，我们被父母拉着去疫苗站打了数不清的疫苗，让我们远离了很多恼人的传染病，例如，白喉、小儿麻痹症、乙脑等。每年的病毒流行性感冒疫苗也没少打，疫苗在为我们的健康保驾护航。在对付新型冠状病毒的新闻中曾出现的使用康复患者的血浆治疗方案，是不是"活体疫苗"呢？

科学家发现，给重症患者输入康复期患者的经过处理的血浆，对一些危重患者确实有效。这个跟疫苗的原理相似，利用康复期患者血液中产生的对病毒有效的大量抗体，对付患者体内的新型冠状病毒。打个比方，就像是从其他人的身体里搬来救兵，来对付病人身体里的病毒敌人。这是目前最接近"疫苗"的疗法。有没有可能让我们身体内快速产生对抗病毒的"特种兵"呢？毕竟自己的特种兵肯定要比别人的救兵来得快，这就需要真正的疫苗了。

疫苗与训练特种兵

病毒入侵到人体内部后，会驻扎在细胞上，然后利用细胞里的"营养物质"开始繁殖，之后再去入侵其他细胞，如此循环，人类的身体会逐渐沦陷。如果这时我们防御系统的哨兵恰好发现了病毒，并进行了"观察"和"识别"，它就会把收集到的信息上报到防御系统。我们身体内的"相关部门"，收集到信息后，开始"训练"特种兵（生产特定抗体）。注意，这种特种兵只能与相应的病毒进行战斗，保卫我们的身体。但此时才开始训练特种兵，就有点晚了。

如果人体可以提前预警，提前训练对付各种致命病毒的特种兵，战斗起来不会那么大规模，病毒也就不能在身体里猖狂。疫苗起的就是这样的作用。

养兵千日，用兵一时。这句成语用来形容疫苗最合适不过了。

没有训练过的免疫系统，不可能直接派出训练有素的特种兵直面病毒，这需要时间，但反应太慢的话，病毒队伍太庞大，战斗起来也很吃力。所以科学家想到了一种方法：使用已经灭活的病毒或者减弱毒性的病毒。这些家伙已经失去了破坏性，不会对身体造成危害。但这些病毒的"模样"还在,还能刺激我们的免疫系统记住它们,并按照真实病毒的特点来提前训练特种兵。当真正的病毒开始入侵人类的身体时,这些提前训练的特种兵就开始出战了,兵法云"知己知彼,百战不殆",科学家正是用了这样的技巧才能战胜病毒。

与抗生素对抗细菌感染不同,人类对各种病毒几乎没有太好的办法,所以预防成了关键。大多数疫苗的作用是为了激起人体的防御系统,来对付这些病毒。

古代特种兵——中国神痘

人类的发展史其实也是一段与细菌、病毒抗争的历史。也许你听过这些疾病——天花、白喉、猩红热、破伤风、小儿麻痹症。这些细菌、病毒都曾横行人类世界,造成死伤无数,为了抵御这些微生物的侵袭,古今中外,世界范围内的研究者研制了各种疫苗。

早在唐宋时期,我国就已经有使用"种痘"法(人痘法)预防天花的记载。据有关记载,当时有几类种痘方法,如痘衣法、痘浆法、旱苗法、水苗法等。

把天花病人或涂有天花疤浆的衣服给小孩穿,称为痘衣法;用棉花蘸天花患儿的新鲜痘浆,塞入被接种对象的鼻孔,称为痘浆法;把痂皮烘干、研成粉末吹入鼻子里,称为旱苗法;把痘痂弄成粉末,塞进鼻孔内称为水苗法。

明代隆庆年间,我国已经获得毒性很小的"太平痘苗",种痘技术也有很大的改进。到清代初期,人痘接种已广泛应用,后来,此方法经印度、西亚逐渐西传,18世纪初传入欧洲。

当然,虽然中国古代人为培养的特种兵已经在帮助人体杀敌了,但那时的人们并不知道其作用原理。

近现代特种兵

在欧洲有一位大家肯定都听说过名字的科学家——巴斯德。出生在19世纪初的巴斯德,最先证明了空气中充满人类看不见的微小生物,也因此发现了巴氏消毒法——通过把牛奶加热到一定温度,来去除牛奶里的微生物。

巴斯德还是狂犬病毒疫苗的研发者。1880年年底,巴斯德开始采集患有狂犬病的狗的唾液,经历了无数次试验终于推论出

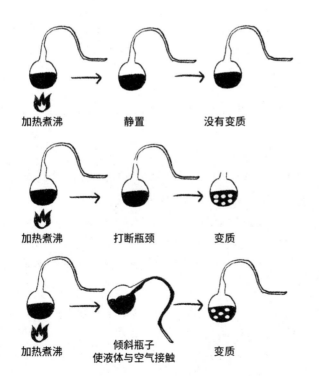

■ 路易斯·巴斯德（Louis Pasteur）的巴氏灭菌实验说明了这样一个事实,即液体变质是由空气中的颗粒而不是液体本身引起的。这些实验作为重要的证据,支持了疾病的病原菌学说

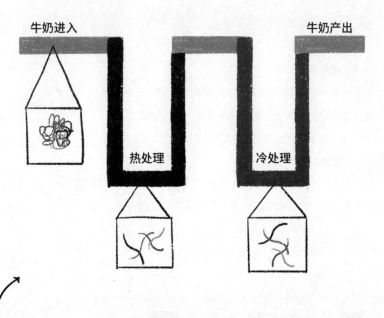

■ 上图是巴氏杀菌过程的总体概述。牛奶从左侧开始，进入带有功能性酶的管道，然后经过热处理后变性，并阻止酶起作用。这有助于通过停止细胞功能来阻止病原体生长。冷却过程有助于阻止牛奶发生美拉德反应和焦糖化。巴氏杀菌过程还具有将细胞加热到因压力累积而破裂的能力

来狂犬病毒集中于神经系统，之后他从患狂犬病死亡的兔子身上取出一小段脊髓，放置在一个无菌烧瓶里进行干燥。又进行了无数次试验，巴斯德发现经过干燥得来的脊髓，变得没那么危险，不会让人致病。

巴斯德把干燥得来的脊髓组织磨碎加水制成疫苗，注射到狗的脑中，然后让这只狗去接触病毒，发现这只狗是不会染上狂犬病的，甚至直接把病毒注射到这只狗的脑中，也都不会发病。巴斯德就这样发明了狂犬疫苗。

此后，疫苗技术又经过了长期的发展，现在市面上有多个种类的疫苗。

不含活微生物的疫苗有：灭活疫苗、类病毒疫苗、组分疫苗。

含有活体微生物的疫苗有：减毒活疫苗。

此外，还有利用基因工程技术制备的基因重组疫苗，正是这些疫苗的发明，让我们从小到大免受诸多致病病毒和细菌的入侵。例如，给儿童注射的卡介苗、乙脑疫苗、乙肝疫苗，还有用于预防宫颈癌的HPV疫苗，每年的各类流行病毒感冒疫苗，以及适用于施工工人的破伤风疫苗等。

疫苗的缺点——研制需要周期

相对于直接在体内用药物杀掉病毒，防控传染病仍然是最有效的手段，这也是为什么我们从一出生到十多岁，一直在不断地注射各种疫苗，这从时间成本和金钱成本上来说都是最合适的。

面对新型冠状病毒疫情，很多人一直在关注疫苗什么时候能研制出来。对此，有人猜测是两个月，也有人认为是2年，甚至有人按照以前埃博拉病毒疫苗的研发进度推算，至少需要5年。

2014年开始，埃博拉病毒在非洲爆发，这是一种非常严重的传染病病毒，死亡率高达70%，严重威胁着非洲及世界人民的健康。相关卫生组织也呼吁各大科研机构和制药公司进行疫苗的研发，但一直到2019年年底才由默沙东公司申报出第一款埃博拉疫苗，并获得批准使用。

一款成熟的疫苗研发起来为什么这么难呢？首先，制作疫苗应该记住病毒的"模样"，具体表现在找到这种病毒的特定的抗原，这就需要一定的时间。其次，

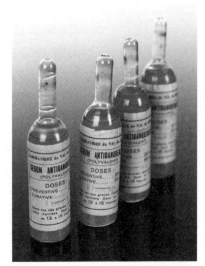

■ 四个抗气坏疽血清安瓿瓶。坏疽是由土壤中的细菌引起的感染，其进入未适当清洁的伤口，会导致组织腐烂。该血清安瓿中含有来自感染该疾病的动物的抗体。将这种血清注射入患者体内，以预防或治愈感染。如今，通常通过抗生素进行治疗，并通过手术去除死亡和感染的组织以防止细菌进一步传播。在1940年引入抗生素之前，坏疽是致命的（图片来自科学博物馆）

记住了模样,科学家还需要选择最佳方案来设计疫苗,比如使用灭活病毒或毒力衰减的病毒,或者选择其中的蛋白和多肽。这之后就是临床前研究,主要是一些动物实验。成功后,则是三期的人体临床实验。

实验完成之后,需要进行药品注册,然后是生产阶段、流通阶段和使用阶段。疫苗的使用既不能让使用人身体产生较大的负担,还要能起到训练免疫系统特种兵的作用,这是一个长期的过程。世界卫生组织在2020年2月初宣布新型冠状病毒疫苗可能在18个月内完成,加上各国的重视程度,周期可能会更为缩短,这相比埃博拉病毒疫苗研发周期要缩短近一半。

2. 基因编辑时代的灾难

最近几年生物技术圈里有各种"未来"新闻,其中就有"备受争议"的贺教授的基因编辑婴儿。身为生物技术副教授的贺建奎及其团队于2018年通过基因编辑技术,对一对双胞胎婴儿胚胎细胞的CCR5基因进行改造。尝试使该双胞胎获得对艾滋病毒免疫的能力。最终是否成功,还要看后续的一些观察和研究,但这是违反国家法律和职业道德的,贺教授也因此受到了法律的制裁。

在科幻小说和电影当中,有不少人类已经接受了基因编辑的未来世界,其中有的未来中人类不再需要睡觉,大幅度提高了工作效率,因此极大地推进了世界的发展和科技的进步;有的未来中人类对各类病毒均已免疫;还有的未来针对人类可能出现的各种遗传缺陷,塑造出无论是外形还是内心都无懈可击的完美人类。这些都有可能实现吗?

单从理论上来说，编辑过基因的人类，的确可以应对一些病毒的侵袭，例如，通过基因编辑CRISPR来破坏病毒入侵人体的"感染点"，最终达到抗病毒的效果。但从目前的技术来看，仍然不成熟，虽然科学家们早已绘制了人类基因全图，但有大段的基因片段仍未搞清楚发挥着什么作用，甚至还发现了不少垃圾基因片段。我们现在的科技还不够发达，在未来的某个时间点，或许人类会彻底把基因图谱全部搞清楚，在那个时代也许基因编辑就会普遍、甚至于流行起来，人们会在保持自身身体健康的前提下，进行一些外貌上的基因编辑，比如，让嘴唇更丰满，长出紫色的头发，银色的瞳孔等。

拥有自由基因编辑的未来，看起来是不是很美好？但实际上，这也许是灾难的开始。每个人都拥有自己的基因全图，虽然人与人之间的差异不到10%，但这足以保证世界上没有完全相同的两个人。如果基因编辑开始合法化、流行化，每个人的基因图谱就会变得像如今我们的指纹一样重要，必须得保密，否则你很容易被克隆。

试想，当你辛苦一天回到家，发现家里坐着个一模一样的你，而且这个人很讨人喜欢，爸妈满意，学习成绩优秀，琴棋书画样样精通，喜欢运动和发明创造，是不是很恐怖？

如果只是克隆还算好，真正可怕的是基因武器。如果某个国家政要的基因图谱被敌对国家得到了，就可以制造出对应的基因武器，只需要把相关的人造病毒或者基因武器带到某公共场合，不用精准打击，只需要大规模释放，就可以精确地暗杀了。因为它们只对这个人的特定基因片段有效果，所以即使其他人会感染，也并没有害处。

如上描述，基因编辑完全合法，必将是一场灾难。如果把这项技术完美地应用于病毒,甚至会让全世界的人类面临整体灭亡的风险。

所以这是一种坏未来,这个坏未来有可能是人类自己带来的,既怨不得几百万年前的冰封病毒,也无法推到侵略地球的外星人身上。

不过,基因编辑也有好处,前面我们提到人类体内有大量的"垃圾"基因片段,因为我们无法解码,这些看起来编码混乱的部分似乎并没有任何作用。但本书中的《摇篮文明》讲到,某个文明把本族的信息编码在基因当中,然后寄生于其他物种身上,以达到进化到时间尽头的目的。如果人类的这些垃圾基因也有此类作用呢?早在十几年前就有科学家做出如此猜测了,但苦于一直没有证据支持。或许等基因技术更先进之后,就有可能解释这一谜团了。

3. 人工弱智能崛起

人工智能觉醒之后开始反攻人类是很多电影里常见的桥段,比较著名的《终结者》系列电影就是其中之一。

如今的超级计算机已经超越了人类脑袋中神经元的计算能力,但从没有听说超计算机有觉醒的迹象。这是为什么呢?人类医学发展了数千年,对人类身体的了解也逐渐深入,但始终并没有搞明白大脑的运作方式。人类的意识来自哪儿?死后将去往何处?科学家仍然没有发现这一真相。只有有了合适的图纸,我们才能建造出相应的机器。同样,我们只有弄明白了人类特有的自我意识究竟来自何处,才能最终制造出一台可能会觉醒、带有自我意识的超级计算机。但这似乎有些难度。超级计算机的超级智能似乎短时间内并不会诞生，这样我们就会安全了吗？

在人类当中也有一些成员因为各种原因，导致智力并不高，思维能力也偏弱。如果超级人工智能不会出现，那有没有可能出现一个超级智能低配版，或者弱智能的版本呢？这是非常有可能的。

我们做一个这样的想象，假设人类的智能设备越来越多，也越来越智能，我们就会越来越依靠这些东西。例如人工智能会根据我们平时点外卖的习惯，加上对人体内各种生化指标的检测，就可以自动推荐并下单外卖食物，再比如未来自动驾驶汽车的普及。无论是前者还是后者，都会有一些智能网络控制。这些智能网络并未达到觉醒并拥有自我意识的程度，但一旦出现问题，却不比人工智能崛起反攻人类带来的损失更小。

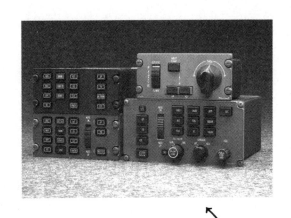

■ 霍尼韦尔自动驾驶仪系统（图片来自Honeywell）

现在很多家庭都换成了智能门锁，刷脸、刷指纹再配合声纹的识别，就可以轻松打开房门。门锁甚至会根据大数据的记忆，提前知道房屋主人的位置和习惯，提前烧水，提前准备食物。这些都是好事儿，让我们省去不必要损失的精力，把更多的时间投入感兴趣的方面。但如果这个智能网络出现了故障，甚至彻底掉线，那就不仅仅是用"凄凉"一词来形容了。

这样的"人工弱智能"一旦认死理比真正的人工智能更要命，单纯地做出判断，可能会让我们落入更大的危险中去。

想一想，这样的"人工蠢智能"或者"人工弱智能"网络全球并网之后，人类会不会变成真正的鱼肉，任人宰割？假设这些人工智能拥有高度的智慧也就罢了，就怕这些家伙们以它们的规则或者方式对待人类就比较麻烦了。

让我们想得更深入些，在《红苹果检查员》这篇小说中，未来会在人脑中植入一些检测器，一旦检测到危险的信号，就会由相关部门提前做准备，防患于未然。这在不远的将来在一定程度上能做到，不同的是不用在大脑中植入芯片和系统，只需要根据亿万个摄像头得出的监控数据，搜集足够的视频就可以做一个模型出来，从而推算出这个人到底有没有坏心眼，有没有可能去犯罪，其中的典型代表就是电影《少数派报告》。不同的是，刚才的设想是从科学角度来解释的人工弱智能一种可能的崛起方式。

如果集合了全世界的各类越来越多的摄像头就有可能出现一个不那么乐观的、时时刻刻被电子摄像头监管的情况，这样的未来你认为是好的，还是坏的呢？

4. 塑料地球

在《霾人》这篇小说中，饱受雾霾困扰的外星人移居地球之后过了几年安稳日子，又走上了老路，雾霾四起，他们又过不下去了。这几年通过国家的高强度的治理，雾霾在很多地方已经减弱许多，甚至已经消失，似乎并不需要太担心了。但有一种"塑料雾霾"必须重视起来了，否则我们可爱的地球就要被塑料埋起来了。

塑料制品在现代人的衣食住行中无处不在，从水杯到桶装水，从汽车到自行车，再到笔套、尺子、签字笔、塑料梳子，日常生活平时用到的东西中多多少少都有一些塑料配件的存在。这

■ 塑料污染的一个缩影
（Sagnik Samanta 摄）

些被统称为塑料的东西成分究竟是什么呢？

什么是塑料

塑料是一类高分子有机化合物，是经填充、增塑、着色等热塑成形的物料的总称，属高分子有机聚合物家族。

早在19世纪，一些研究者发现苯酚与甲醛反应之后，在玻璃实验容器中产生了一些难以清洗的泡沫状固体。此后很长的一段时间里，科学家并没有找到这种"意外产物"的使用价值。直到20世纪初，美国化学家里奥·贝克兰（Leo Baekeland）经过对这种"意外产物"进行反复试验，发明了一种新型材料。这种材料经过处理可以变成透明的固体，没有导电性，可以制成

■一只已死的小鸟,它的身体里有很多塑料制品(Lindsay C. Young, Cynthia Vanderlip, David C. Duffy, Vsevolod Afanasyev, Scott A. Shaffer 摄)

电子产品中的绝缘材料;它可塑性强,能够被制作成各种形状,最重要的是制造成本低廉。它就是我们所知的酚醛树脂(PF),是第一种人工合成的塑料。

20世纪以来,研究者研发出不同种类的塑料,如聚乙烯(PE)、聚丙烯(PP)、聚苯丙烯(PS)、聚氯乙烯(PVC)、ABS树脂等。不同塑料具体属性和用途也各不相同,但它们大大方便了现代生活。

塑料作为20世纪一种革命性的材料是完美的吗?当然不。它们中有些对人体有毒性,有些被丢弃后则对植物和动物有害,还有一些虽然目前没有证据证明其有害,但给环境带来的问题是"脏、乱、差"。

这家伙真毒!

倘若塑料制品带来的"脏、乱、差"只是考验了人类的忍耐力,那么威胁人类健康的毒性是一定不能被容忍的。

一般的塑料合成后呈粉状,是一群脑袋空空、毫无技能的"纯净"小人。在后续的"修炼"中,小人的身体内会被加入热稳定剂、抗老化剂、抗紫外光剂等"添加剂",小人们才会变得神通广大。通常对人体造成损害的就是这些"添加剂"或者其产物,如多年前就已经被禁止使用的"双酚A"(BPA)。

双酚A可以让塑料制品变得无色透明、经久耐用,由其制成的金属容器内壁上的涂层可以防止腐蚀。因此,它是很多塑料合成时所需的原料之一,但当它进入人体后就成了一种内分泌干扰物,有着极强的类雌性激素作用,可以导致女童早熟;它还能影响到大脑神经系统与免疫系统的发育,对婴幼儿的损害巨大;倘若进入稍大一些儿童或者成人体内,它还能导致男性与女性生殖功能下降,影响精子或者卵子的活力;除此之外,它甚至会导致心脏病、糖尿病、肝脏衰竭等疾病,以及前列腺、乳腺癌症。

早在1998年,美国华盛顿州立大学的科学家就发现了双酚A的毒性。他们从含有双酚A塑料的笼子里放出来的实验小鼠体内发现了大量的异常的生殖细胞。在之后数年的研究当中,双酚A的毒性被彻底坐实。

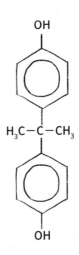

■ 双酚A的分子式

拯救奶瓶和杯子

有不少父母会给宝宝选择塑料奶瓶、水瓶,这与大多数人平日里上学、工作时选择用塑料杯、塑料瓶饮水的理由相似,不易碎、轻巧方便、价格适宜。但证实了双酚A对人体有害后,人们开始认识到这些塑料杯具的不安全性。

双酚A的毒性在有了决定性证据和评判之后,世界各国开始发出禁令。2011年3月,欧盟禁止销售含有双酚A的奶瓶;2012年7月,美国食品药品管理局禁止销售含有双酚A的奶瓶和儿童水杯;中国也在2011年6~9月开始全面禁止生产、进口和销售含有双酚A的婴幼儿奶瓶。

颁布了禁令,宝妈宝爸们放心了,但其他水杯、塑料制品或内壁涂料含有的双酚A怎么办?化学家们要跳出来指点一二了。在化学圈子里有句话:不能离开剂量谈毒性。什么意思?举个例子,双酚A有毒性,但把一小勺双酚A融进一座城市的饮用水后,毒性可以忽略不计。所以各国法律规定,在一些不涉及婴儿和儿童的塑料制品当中，存在安全范围之内的双酚A是允许的。

替代双酚A？

在双酚A被禁之后，科学家很快找到了替代物，比如双酚S、双酚F、双酚AF等。含有这些替代物的塑料制品被制成食品包装盒、婴儿奶瓶和儿童水杯。那些广告上写有"绝不含双酚A"的塑料制品中，可能含有这些替代物。

这些替代物安全吗？2015年《美国科学院院报（PNAS）》刊发论文，发现双酚S会损伤斑马鱼的大脑发育，此外它还含有类固醇激素，能引起17-OH孕酮水平上升，导致肥胖。其它的替代物如双酚PF、双酚F、双酚AF也或多或少都有一些毒性，但最低剂量尚不明确。

甩不开的塑料制品

双酚A的毒性被证实之后，很多人准备彻底甩开塑料制品，但这非常不现实。在现代生活中，塑料并不仅仅被用于与饮水、食物容器有关的方面，还"入侵"了衣食住行的其他方面，从家电到厨具，从交通工具到医用器械，从手机、电脑再到建筑材料，都有塑料的影子。进入21世纪，塑料甚至在太空探索方面也占有一席之地。2008年，航天员翟志刚身着我国自行研制的"飞天"宇航服，在太空中留下了中国宇航员的身影。他的"航天头盔"上的"面罩"采用的就是我国自行研制的新型塑料材料。

在带来便利的同时，大规模使用塑料也带来不少麻烦，而且更加"甩不开"了。如一些高分子塑料难以自然分解，导致白色垃圾不断增加；有些塑料在回收焚烧处理时，会产生大量有害

■ 塑料占领了海滩
（Muntaka Chasant 摄）

气体，污染空气；塑料垃圾进入海洋，被海洋生物误食，进而死亡；微小化的塑料甚至可以进入海洋生物的身体，这些海洋生物若被人类食用，塑料进入人体，会造成更大的危害。废弃塑料正变得难以回收处理。所以，有些媒体甚至将"人类最糟糕的发明"套在了塑料头上。

塑料制品给现代生活带来了许多便利，但同时也在侵害着人体和自然界，让我们又爱又恨。

我们该如何面对这些塑料制品？除了增加回收再利用的力度之外，在日常生活中还要尽量避免使用、消费塑料制品，例如塑料袋、塑料杯、塑料餐具等，如此可以避免被双酚A缠上，还可以保护环境。

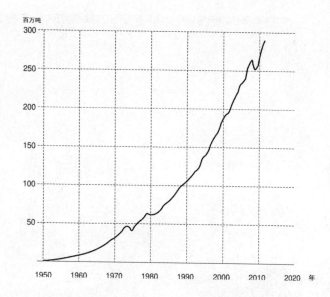

■ 截至2013年，全球的塑料产量对比图（图片来自 Plastics Europe）

另外，塑料制品上都印有带循环箭头三角形的标志，三角形里还写有1~7的数字。这些数字不是指塑料的质量和等级，而是代表着这七种塑料不同功能用途和使用禁忌。做到不乱用、不混用可以最大限度地避免被毒害，更便于回收利用。

必须使用塑料杯时，务必不要盛放过热的水和食物，因为双酚A和其替代物，在高温环境中会更快、更多地释放。条件允许的情况下，尽量选用玻璃杯、瓷杯或者钢制的杯子。

除此之外，科学家们也正在为减少塑料的各种缺点努力着，研制更加环保、更容易完全降解的塑料。在不远的未来，塑料也许并不会消亡，但会变得更安全、更环保。

对塑料的合理利用和回收，做好其后续的处理，可能我们将迎来的是一个拥有塑料制品的好未来。

五、可能存在的好未来

刚才列举了病毒带来的坏未来、基因编辑带来的坏未来以及人工弱智能崛起等带来的可怕未来,难道未来真的一点都不值得期待吗?并非如此,我们仍然可以期待未来,不远的将来有可能出现一些好未来,比如我们即将进入的好未来。

1. 穿越虫洞回到过去的好未来?

在《国家赔偿》和《赢在起跑线》两篇小说中,人类均可以穿越到过去,穿越到平行宇宙,看起来似乎有点过于科幻,现实世界中,我们真的做不到吗?不,也许在不远的将来,我们可能实现这些穿越,毕竟科学大神爱因斯坦的引力波预言都实现了,他的另一个虫洞的想法是否能成真呢?我们来详细地聊一聊有虫洞的未来。

相信每个人多多少少都有过后悔的经历。每当这时我们就会想如果有哆啦A梦的神奇抽屉就好了,可以随意地进入未来或者回到过去。

夏日雷雨过后,偶尔会见到一弯彩虹拱桥般挂在天空中,这是空气中的水滴折射阳光形成的自然美景。彩虹并不能通行,但在漫威的科幻电影《雷神》中也有一座彩虹桥,并有守卫把守,通过这座彩虹桥可以穿越超远的宇宙空间,到达地球。其实早在几十年前,科学家就已经构架了这样一座"彩虹桥",不同的是在设想中这是一个"彩色"的虫洞。

■卡尔·史瓦西
（1873年—1916年），
德国物理学家、天文学家

虫洞的一半是黑洞

虫洞到底是个什么？我们需要把虫洞切开来说，首先它的二分之一是黑洞。

"黑洞"这个词儿已经出现将近50年了，黑洞理念的"提出者"是德国天体物理学家卡尔·史瓦西，他曾根据爱因斯坦的广义相对论的引力方程计算得出结论，指出当一颗恒星发生引力坍缩、收缩到一定半径的时候，就会变成"黑洞"（当时还不叫这个名字，"黑洞"一词直到1967年才出现）。

这个半径被后人称为"史瓦西半径"，其大小取决于天体的质量。其实不只是宇宙里的天体，任何物体，只要有质量，当物体的半径收缩小于史瓦西半径时，就会变成一个黑洞。例如把与地球同样质量的物体压缩到半径只有9毫米时，黑洞就产生了。

爱因斯坦对于虫洞的贡献不仅仅在于他帮助推导出了黑洞的理论，而且他还与朋友罗森塔尔共同做过一个研究，发现了广义相对论方程中有解可以支持虫洞的存在，所以虫洞本来的名字应该叫作爱因斯坦-罗森塔尔桥。但虫洞并非只有一种模型。

第一种虫洞模型——双黑洞

黑洞的引力过于强大，以至于任何物质和能量都无法从黑洞表面逃脱，包括可以在一秒跑30万千米的光。

无比强大的引力使得周围空间变得极度扭曲，具体表现就是在宇宙"幕布"上形成一个漏斗体。如果存在两个黑洞在空间弯曲之后，漏洞的底端恰好连在了一起，就形成了一种奇怪的虫洞。

在这样的虫洞模型里，从A黑洞进入，穿越其底部到达B黑洞的底部，就等于从宇宙的这个空间直接穿越到B黑洞所在的另一个空间了。难道这就是那些电影、小说里出现过的可以穿越宇宙空间的"彩虹桥"？别急，这里有个致命的缺点，黑洞有着巨大无比的引力，就连宇宙速度之王——光都不能从其表面逃离，那飞船和人怎么办呢？

虫洞的另一种模型——黑、白洞的亲密接触

假若我们可以从A黑洞安全进入，并且很幸运地穿越了两个黑洞的接口，到达了B黑洞底端，那么如何从B黑洞表面冲出去呢？爱因斯坦相对论是个宝藏，研究者发现其实广义相对论还有另一个推论——"白洞"的存在，跟无时无刻往身上吸东西的"贪婪"黑洞正好相反，它是个慷慨的家伙，会没完没了地往外"吐"东西。

虫洞的另一个模型现在有了：如果A黑洞的底部跟C白洞的底部相连，这样形成的虫洞就不存在第一种模型的尴尬了。宇宙飞船从A黑洞进去，顺利被吸引到底部，通过A黑洞与C白洞的连接处，再进入C白洞这个慷慨过头的家伙，宇宙飞船就会以极快的速度被吐出来，如此就可以穿越大范围的宇宙空间了。这样的虫洞正是我们迫切需要的。

寻找虫洞

既然虫洞理论上成立，为何科学家不能试着去寻找一番呢？因为这其中有不少难题。

首先我们需要解决寻找黑洞的问题，这个家伙不发光，几乎也不发射任何宇宙射线，发现它很难。但在北京时间2019年4月10日晚9时许，包括中国在内，全球多地天文学家同步公布首张黑洞真容。这一由200多名科研人员历时10余年、从四大洲8个观测点"捕获"的视觉证据，证实爱因斯坦广义相对论在极端条件下仍然成立。

黑洞找到了，白洞呢？

引力波的发现和给黑洞拍摄照片的公布，证明科学家已经找到了一些寻找黑洞的方法。但寻找白洞却一直没有什么进展。

20世纪60年代以来，随着探测技术的发展，科学家发现了许多宇宙高能射线的爆发，包括不少X射线、γ射线、超新星的爆发。这些爆发有的可以找到源头，有的则无法解释。其中一些爆发的源头更是让科学家摸不到头脑，因为是一些体积并不大、但亮度却很大的天体，科学家从没有遇到过。后来，苏联的诺维科夫和以色列的尼也曼提出了一个白洞的模型，这也是最早的白洞模型。

白洞和黑洞都是密度超高的物体，通俗点说体积不大但质量超级大，但这俩家伙的特性不同。从现象上来说，白洞是黑洞的反面，只吐不吃，按理说找这种白洞比黑洞应该简单得多，但其实要分辨并证实一个天体是不是白洞有点难，因为在宇宙中有不少向外发射能量和辐射的天体。准确地说，白洞其实是黑洞反推的结果，如果黑洞确实存在，白洞有什么理由不存在呢？

可惜白洞这个更奇怪的家伙至今没有被任何科学家直接或者间接观测到，还只是相对论方程的一个解所推出来的模型。所以，虽然理论上有依据，但现实中的虫洞穿越宇宙空间还只是个传说。

探索还在继续

爱因斯坦和罗森塔尔研究指出，广义相对论能够证明虫洞可以存在于这个宇宙，所以彩虹桥或者虫洞也叫作爱因斯坦-罗森桥。引力波的存在让爱因斯坦的理论经受住了考验，但寻找白洞或者虫洞，仍然需要科学家的进一步努力。

最近科学家又找到了其他方法间接去寻找虫洞，即通过环绕黑洞或者白洞的恒星轨道来判断附近是否有黑洞或者白洞存在。围绕着黑洞-白洞运转的恒星的轨道可能与围绕单纯黑洞运转的恒星轨道略有不同。如果在这样的模型另一边的白洞也存在一颗围绕着它旋转的恒星，那么那颗恒星的引力会通过虫洞拖曳这边的这颗恒星，导致这颗恒星的轨道有所偏离。

研究人员建议，我们可以监测隐藏在银河中心的超大质量黑洞——Sgr A*。因为多年来，相关科学家一直在观测Sgr A*附近的一颗名为S0-2的恒星。如果其附近有虫洞存在，这颗S0-2恒星就会受到虫洞另一边的恒星所产生的引力的影响，S0-2会轻微地偏离它的轨道。

但这很难，由于目前的观测技术还不够精确，我们还无法进行这样的探测。即使能证实那里存在虫洞，如何跨越数万光年的距离到达那里也是个巨大的问题。另外，即使在太阳系附近发现了虫洞，以人类现在的技术制造出在巨大的引力撕扯下仍能保证完好无损的飞船，依旧非常困难。

有科学家预测，我们也许找错了方向，虫洞可以有很多模型，有的远没有那么复杂，就如同加拿大科幻作家罗伯特·索耶的小说《星丛》描述的虫洞一般，或许只有我们碰触到才能被激活。

看不到的彩虹桥是人类通往繁星的一条捷径，但寻找捷径并不是一件容易的事情。科学家仍在为我们能够飞向宇宙而努力。

聊到这里，可能要给各位读者泼个冷水，以上支持的是穿越虫洞以达到穿越大范围的宇宙空间的可能，甚至可以穿越到未来，但是不支持穿越到过去，至少爱因斯坦的理论里，基本都不支持这一条件。所以，做事情一定要计划好，世界上没有后悔药可吃，更没有能穿越到过去的时间机器。

2. 更强大的病毒检测技术

在20世纪末很多人都声称21世纪将是生物技术的世纪，生物技术将是下一个世纪非常重要的科技。如今进入21世纪已经20年，你感受到不一样的未来了吗？生物技术可能带来的是一个坏未来，如同我们之前提到的基因技术的滥用；生物技术更有可能带来的是一个好未来。本书中有好几篇都涉及生物技术，比如《霾人》《怒》《摇篮文明》等。生物技术中有一个重要的课题——病毒检测，例如，2020年这场与病毒的战争中就使用了此类技术，事实上，对付平常的流感也是应用这项技术，在未来则有可能更进一步。

春秋季是流感高发季，有些人的抵抗力较弱，就更容易被流感或者其他类型的病毒盯上。最近《自然·通讯》杂志上的一篇研究论文向公众揭示了一项国产新技术，利用这一技术，普通人在家就可以快速诊断——给自己和家人诊断所患是不是病毒性感冒以及其具体类型，以便于寻求准确治疗方案。而要想了解这一技术，还得从"分子诊断"说起。

何为分子诊断?

分子诊断是检验医学的重要组成部分,能为疾病预防、诊断、治疗和预后判断提供重要信息。举个例子,相信不少人都参加过无偿献血,当采血车采集了血液之后,还要进行后续的检测,检测血液中是否有艾滋病、乙肝、丙肝等病毒;女性在怀孕前和产检的时候也要进行各种筛查,为将来的孩子排除一些遗传和基因突变引起的疾病,例如唐氏综合征、血友病、耳聋基因检测等。这些都离不开分子诊断技术。

众所周知,脱氧核糖核酸(简称DNA)是传递遗传物质的主要物质基础,与核糖核酸(简称RNA)相似,是组成核酸家族的重要成员。分子诊断这项技术,正是通过对核酸分子快速准确地测定,从而判断各类疾病的患病风险、基因型和病因。一些早期肿瘤筛查的检测、体检项目,都属于分子诊断的范畴。

"价格不菲"的检测代价——PCR技术

"分子诊断"这词儿听起来很高端,但其实已经走进了人们的生活当中。其中最为成熟、应用最广泛的分子诊断技术是聚合酶链式反应技术(简称PCR技术),已用于各项医学检测(多种传染性疾病及肿瘤诊断)以及法医鉴定过程中。这项技术虽然已经大范围推广,但操作起来复杂,需要的仪器价格不菲,在诊断过程中还需要多重变温。目前,这项技术现在只存在于实验室内,想实现家庭检测基本不太可能。

以DNA的PCR技术举例,这是一种在体外扩增DNA分子的技术,是一个"复制、粘贴"的过程。用于这项技术检测的PCR仪器,就像一个大工厂,这个工厂又分成几个车间。第一个车间,需要工人师傅提供原料——需要扩增的DNA分子的模板，之后将这部分车间的温度升到95℃，从第一车间出来，DNA双链变成单链。进入第二车间后，工人师傅把车间温度降到55℃后，加入引物，分别与一条DNA单链结合，拉着它们到第三车间的入口，准备完成合成补充作业。到达第三车间，需要工人师傅再次变温，升到72℃，这是辅料——DNA聚合酶最佳工作温度，在这一车间合成互补完之前已经解链的DNA单链，从而完成DNA分子的扩增。此后还需要把第三车间得到的产品再重复以上操作，才可以达到诊断的要求。这是一个复杂而耗时的过程。

现在的PCR技术已经成熟，但检测过程中的数次变温受到仪器和场地的限制，不够平民化，仪器引进都是一笔不小的花费，这是一种价格不菲的分子诊断。

"基因魔剪"助力分子诊断新技术

意识到PCR技术在操作中存在的缺陷，早在2015年年初，世界各国多个研究团队就开始将大部分精力和资金投入了一个叫"基因魔剪"的基因治疗领域。这项新技术相对于PCR技术操作更简便、灵敏度更高、抗干扰性更强。中国科学院深圳先进技术研究院副研究员周文华博士所在的研究团队也意识到这项技术在分子诊断领域将有不错的应用和前景。

那么，什么是基因魔剪技术？我们仍以工厂来比喻。在车间中，一段与目标物互补的向导RNA（sgRNA）分子和CRISPR（存在于细菌中的一种基因组，该类基因组中含有曾经攻击过该细菌的病毒的基因片段，细菌透过这些基因片段来侦测并抵抗相同病毒的攻击，并摧毁其DNA）的效应蛋白Cas9结合，形成Cas9-sgRNA复合体后，复合体可在车间内复杂条件下自主寻找目标物，完成结合和切割的工作，得到想要的DNA片段。通俗来说，组装一个"搜索器"，自动去搜索目标，然后进行结合和切割，把目标物收入囊中。

周文华博士团队利用基因魔剪CRISPR系统效应蛋白在与靶核酸分子结合过程中独特的构象变化，高效启动针对靶核酸分子的指数倍扩增，并将这一项新技术称为"CRISDA技术"。

如果说PCR技术需要一座巨大的工厂，那么中国这支团队带来的新技术——CRISDA需要的工厂规模要小得多。因为在这座工厂中，基因魔剪系统中的Cas9蛋白就变身为一个具有主动搜索功能的"小组长"，在找到与某一疾病或某一特征相关的特定目标DNA序列后，能高效开启这段目标的指数倍"复制作业"。更重要的是，这项技术不需要数量众多的变温车间，工人师傅也不需要在剧烈变化的温度中工作，整个反应过程可在从室温到45℃的条件下高效进行，对温度要求极低。

利用基因魔剪系统中的Cas9-sgRNA复合体，即使在非常复杂的溶液环境下，也会主动搜寻目标物，通过反应解链核酸，形成单链。与PCR技术相同的是，引物与被暴露的目标核酸分子的单链拉起手来，然后进入最后的车间，那里有"代号"为扩增酶类的工人师傅，在他们的辛勤工作下，完成"复制、粘贴"的工作。

没有了多次变温的工作环境的限制，这项技术将比PCR技术更为亲民。

CRISDA在多方面拥有优势。首先，它用时短，目前研究团队已成功实现在90分钟内，对极微量复杂溶液样品中的个位拷贝数的目标进行等温扩增检测，如人类基因组片段、乳腺癌风险基因和转基因大豆基因组等。而PCR技术至少需要4小时。

其次,它的检测过程简单。

CRISDA技术并不需要对一些生产原料进行预先处理,也不用对工人师傅进行太多的培训,即刻就可以胜任检测工作。而PCR技术则要复杂得多。

PCR技术必须依赖相关的仪器才能进行工作,但CRISDA技术则简单得多。现阶段只要有一间平常的生物实验室,即可进行相关的检测。主要原因是对操作温度依赖度很低,并不需要数次变温过程,这大大降低了操作程序和难度。技术成熟后,可能只需要把检测系统安放在小盒子内,在保证准确性的同时,增加了便利性。

研究团队设想在未来仅需要极少量的生物样本,比如从口腔里拿棉棒刮一些死皮,利用CRISDA的生物芯片就能在家零门槛检测所患是普通感冒还是新型病毒性流感,而不用一次次地去到人满为患的医院。同时,CRISDA的生物芯片还会把实时诊断数据上传到家庭所注册的社康中心,家庭医生将结合检测结果和最近从社区到地区的流行病风险变化,迅速给出最有效的治疗方案。未来,我们生病了,在家直接就可以获得诊断和治疗。在家看病不再是一个奢望。

此外,基于CRISDA技术的分子诊断,还会在其他分子诊断领域大展身手,可广泛用于肝炎、性病、肺感染性疾病、优生优育、遗传病基因、肿瘤等,为早期诊断、早期治疗、安全用血提供了有效的帮助。CRISDA技术既是一项前沿新突破,也是一种非常亲民的平民化分子诊断技术,有着巨大的市场和应用前景。

希望

人类寿命超过100岁会成为一个普遍现象

战胜众病之王 ——"癌症"

基因和科技,让人类更强大

太阳能和可控核聚变成为主要能量来源

超大规模海水淡化解决人类饮水问题

末日种子库挽救物种,改变环境

人类殖民其他星球

危机

地球超过75%的物种会灭绝

煤炭、石油、天然气等化石燃料枯竭

遭遇超级病毒,人类文明岌岌可危

超级武器毁灭一切文明

水资源枯竭

温室效应使海平面上升,淹没陆地

地球环境崩溃

图片来自NASA

地球,诞生于46亿年前,是太阳系八大行星之一。与其他行星相比,尤其与类地行星相比,地球并没有什么特别的地方。但它是目前人类已知的宇宙中存在生命的唯一天体,也是人类唯一的家园。生命在这里诞生、在这里成长、在这里壮大。地球的未来,也就是我们的未来。这些都是可能发生的事情,好的未来和坏的未来,都掌握在我们自己手中。

3. 战胜癌症的可能性

提高人类的寿命并不仅仅是战胜病毒就万事大吉了,我们还将面对另外一个强大的敌人——癌症。现在采用的众多治疗方案,对人的身体多少都有损害,不过也许在未来,新的技术可以使用人类自身的战士来杀灭癌症。

在中国象棋里,只有车、马、炮和兵(卒)四种棋子可以跨过"楚河汉界",到对方的棋盘内冲锋陷阵。倘若囚禁这些棋子不让其"过河"杀敌,这盘棋就不可能赢。与之相似,在癌症免疫治疗过程中,T细胞也需要"过河"才能发挥最大作用。美国杜克大学的皮特教授领导的团队在针对脑部肿瘤的研究中发现,进入大脑的肿瘤能使身体免疫系统中的兵卒——T细胞被"囚禁"在骨髓中无法"过河"杀敌,并发现了导致这一现象的原因,做了相应的研究,这为以后的癌症免疫治疗带来了新的曙光。

何为T细胞?

手术、放疗和化疗是癌症治疗的三大传统疗法,免疫疗法则是近年来备受瞩目的"第四种疗法"。癌症免疫疗法是几种免疫治疗手段的统称,目前最热门的两种疗法分别是免疫检查点抑制剂疗法和T细胞免疫疗法(简称CAR-T)。

在人体免疫系统中,T淋巴细胞(简称T细胞)是保卫人体的重要

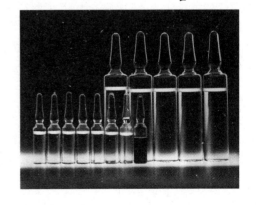

■ 化疗是化学药物治疗的简称,是利用化学药物阻止癌细胞的增殖、浸润、转移,直至最终杀灭癌细胞的一种治疗方式。小瓶中存放的即是各种化疗药物

"兵卒",具有识别"敌""我"的能力,也是抗击肿瘤的"主力军"。当T细胞识别出基因突变的癌细胞之后,就会发起攻击,在一定程度上治疗癌症,延缓病程。虽然癌细胞也有自己的自我保护机制——"伪装逃逸",但近年来科学家逐渐破解了这种癌细胞特有的机制,让T细胞"擦亮双眼",能准确地对癌细胞进行查杀。所以提高T细胞的浓度,对治疗癌症有着非常积极的作用。

我们之中出了"叛徒"

皮特教授多年来一直专心致力于脑癌治疗的研究,他的团队发现新确诊、且还未接受治疗的胶质母细胞瘤(脑癌的一种)患者的免疫力竟然十分低下。通常健康人体内的CD4辅助T细胞的数量在1 000~7 000个/毫升之间,但胶质母细胞瘤患者却只有不到200个/毫升。这样低的浓度不仅让患者免疫力低下更容易受到各种感染,同时也会使癌症进一步恶化。

T细胞最初来源于骨髓的造血干细胞,经过一步步分化,形成初始T细胞。初始T细胞再转移到胸腺。这些初始的"兵卒"在这里锻炼、成长,"变身"为武功更高强的兵卒——T淋巴细胞。成长后的兵卒们通过胸腺释放到全身血液和淋巴循环系统中,上场杀敌。

究竟是什么原因使杀敌的T细胞变得这么少呢?皮特教授的团队在研究中发现,这些负责运送兵卒的系统并未出现差错,而是源头出现了问题,我们的身体里出现了"叛徒"。

研究团队建立了胶质母细胞瘤小鼠模型。检查这些小鼠的骨

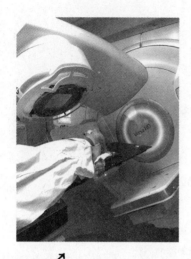

■ 肿瘤放射治疗是利用放射线治疗肿瘤的一种治疗方法。图中,病人正在接受放射治疗(图片来自Jakembradford)

髓，发现T细胞在这里的数量比一般情况下高出了3~5倍之多！但其他免疫细胞并没有增多，只有T细胞这个特殊兵卒增加了。

这是什么原因呢？研究人员给从肿瘤小鼠身上收集的T细胞打上标记，然后再注射回到体内，发现这些T细胞很冤枉，它们很愿意去前线杀敌，但实在出不去！

骨髓为什么要背叛人体，将T细胞囚禁在骨髓里呢？随着研究的深入，研究人员发现了这其中的秘密。

被破坏的通行证

出国旅游时需要护照和签证，《西游记》中的师徒四人取经有通关文牒，研究人员发现T细胞从骨髓里出来也需要类似的"通行证"。

通常T细胞表面带有大量结构各异的受体，其中多是识别各式各样的抗原和做传递信号之用，此外受体还有一个很重要的作用——身份识别，作为进入人体器官的"通行证"。假如T细胞丢失了出入骨髓的受体，也就是没有了专有的"通行证"，就会被"囚禁"在骨髓中。

实验人员在排除了几种受体之后，把目标锁定在一个叫S1P1的受体上。已有研究表明S1P1的物质形成可以作为帮助T细胞离开骨髓的"通行证"。如果小鼠脑中的胶质母细胞瘤"暗中"破坏了T细胞表面这一特殊"通行证"，T细胞就被困在了骨髓当中，无法到达人体各处去抗击癌细胞。这与没有护照和签证无法通关类似。

皮特的团队已经做了其他对照实验，其中之一是把乳腺癌、黑色素瘤和神经胶质瘤分别移入小鼠的颅脑中进行观察。实验结果显示，这些肿瘤细胞都会引起骨髓的背叛，将T细胞囚禁。这说明骨髓的这种行为与肿瘤种类无关,而是与肿瘤的生长位置有关。至于这些癌细胞如何破坏T细胞表面的"通行证",科学家仍需要一段时间才能查明真相。

营救T细胞

既然T细胞表面的"通行证"被破坏了,给它再做一个不就行了?这对于签证破损重新签注来说很简单,但在T细胞表面重建"通行证"却十分困难。

研究团队首先使用基因技术在一些突变小鼠T细胞表面固定S1P1受体"通行证",T细胞果然可以顺利出入。之后,科学家又使用了4-1BB激动剂,这是一种可以叫醒并使得T细胞变得活跃起来的物质。使用了这两种技术之后,患上胶质母细胞瘤的小鼠长期生存率提高了50%。但现在仍没有稳定的药物使得S1P1这种通行证固定在T细胞表面,所以大范围营救T细胞很难实现。

如果不能给T细胞这个兵卒重新做"通行证",那么让骨髓主动去放行兵卒们可行吗?研究团队也做了这方面的尝试,使用了一种叫作粒细胞集落刺激因子的物质来使得骨髓主动释放没有通行证的T细胞,加上配合4-1BB激动剂让T细胞活跃起来,如此双管齐下,小鼠的生存率提升了40%。

虽然以上方法都有一定的疗效,但科学家的最终目标仍然是找到脑部肿瘤破坏T细胞"通行证"的具体过程,从根源解决骨髓"囚禁"T细胞的行为,如此便可彻底营救T细胞了。

近年来,癌症免疫疗法取得了"飞跃式的进步",除了营救T细胞之外,还给它进行了基因工程改造,给"兵卒们"装上了一个专门识别癌细胞的"导航仪",大大提高了T细胞对癌细胞的识别能力和攻击力。这就是备受瞩目的癌症免疫疗法CAR-T疗法，对于传统手段无法治疗的白血病患者，此疗法缓解或治愈率超过50%，有些患者甚至高达90%，其卓越的成绩为最终治愈癌症带来了希望。

随着对癌症免疫反应以及调控机制的深入了解，科学家研究出来更多有效的治疗癌症的方法，这其中癌症免疫疗法有望撑起"半边天"，成为癌症治疗的重要手段。或许在未来，T细胞这些兵卒会真正变身为癌细胞的终结者，让癌症成为可治可控的病症。

在未来，也许我们需要更长久的寿命来飞越宇宙空间，去往其他星系、星球。如果能消灭病毒和癌症带来的威胁，我们的未来也许更美好。

科技带来的未来是不是更便利了？

在未来，由科技带来的便利还有很多，比如虚拟现实技术，可以从工业生产到影视拍摄，再到医学研究、治疗都有应用，让我们足不出户走遍世界；更强大的电池技术和充电技术，让我们的便携设备续航更持久，本书中《充电》里的超级电池相信在不远的将来就会实现。

为什么前面说了很多坏未来呢？并不是笔者对未来充满了沮丧，而是希望找出可能导致坏未来的因素，提前准备，提前预防。

好未来其实更多，并不需要我们过多的担心，也不需要笔者花费更多的笔墨去描绘，只需要我们努力向上，珍惜时间，把握当下科技迸发出来的每一次机会，就会有更大可能进入好未来。

微小说·太阳的后裔

●康乃馨 / 文

我把棉衣裹得更紧了一些,但凛冽的寒风还是让我觉得冷,地上踩上去像是在咚咚作响,整个大地都冻了起来。远方,城市已经越来越远,天空灰蒙蒙的,连空气像是也冻了起来。

没错,这天气会冻死人的。

我又想起了小雪,那也是一个冬天,寒冷无比,虽然和这里没法比,但我清楚地记得,她就那样躺在我的怀里,壁炉里的火烧的很旺,映红了她的脸庞。

不远处,我终于看到了那个小房子,这是最后一家了,我的任务终于要结束了。

一缕青烟从房顶飘了出来,没错,他还活着。

我敲了敲门,良久,一个身材高大的阿波罗人才打开了房门,门被打开的一刹那,一股暖气扑面而来。我抬头看去,他面色红润,面目慈祥。

"安东尼?"

"是我,先生,你终于来了。"

他把我让进了房门,我环顾了一下屋子,里面生了四五个火炉,地上有些杂乱,像是好久没有人收拾过了。

"我等你好几天了。"安东尼不安地说着,阿波罗人和其他人没什么不同,只是看上去高大一些,其实他们很温和。

"准备好了吗？"我不想多交谈，我想快点完成这该死的工作。

"是的，先生，不过，我有个请求。"

我抬头看了他一眼，他眼神中闪着不安和乞求。

"能不能帮我妻子也打一针。"

"你妻子？登记表上没有这个人。她叫什么？"

安东尼走到了一扇门前，慢慢推开了门，我顺着望了进去，一个女人躺在里面的床上，看上去脸色惨白。

"她不符合注射条件，你应该知道的。"

"帮帮她！你知道我不能没有她，哪怕是一天！"安东尼竟然跪了下来，这样一个高大的男人跪在我的面前还是第一次。

"你知道的，我们有规定。而且，抱歉，我说实话，您妻子的状态，即使注射，醒来的时候也活不了太久。"

"太阳神的旨意把你派到这里来，就是来拯救我们的！不是吗？帮帮她吧！求你了，先生。"

我知道阿波罗人都信奉太阳神，他们把我看作太阳神派来的使者。神给了他们生命，同样也会夺走它。

"抱歉，按规定我只能帮身体符合条件的人，度过这个冬天。"

安东尼站了起来，身体有些摇晃，眼中闪着泪花。

"那你走吧！"

"你说什么？"

"我也不需要注射了，你走吧！"

"你马上就会冻死的，你撑不了太久。"

"我们曾经一起说过，无论生死，都要在一起。"安东尼转头，深情地望着床上的妻子。

我瞬间感觉脑袋轰的一声，这样的对话，我和小雪也曾经说过。

"好吧。"我妥协了，拿出了医疗箱，在安东尼的感谢声中，为他注射了冬眠针。

阿波罗星的轨道有些狭长，而这样的星球能产生生命真是个奇迹，但当他们远离太阳的时候，整个星球会陷入寒冬，寒冷将夺去所有人的生命——除了他们排下的卵。二十年后，当星球离太阳更近的时候——这些卵会自己孵化，一个个全新的阿波罗人将重新开始他们的生命——大约40年的寿命。他们信奉太阳神阿波罗，但求生是每一个生命的基本诉求。

小雪去世之后，我就已经对生活完全绝望了，于是自愿申请来到这遥远的星球，执行阿波罗计划，为每一个健康的阿波罗人注射冬眠针，帮他们度过二十年的寒冬。

我看着已经沉睡的安东尼，挽起了他妻子的袖子，然后看着她的眼睛，她很虚弱，但很美，像小雪一样美。

我为她注射了针剂，那仅有的针剂，那本该属于我的、仅剩的针剂，然后静静地看着她入睡。

窗外又吹起了寒风，炉子里的火好像已经不起什么作用，我把棉衣裹得更紧了一些，然后静静看着窗外。

小雪，我来了。

微科普·一觉醒来，已是未来

● 吕默默 / 文

读完这篇小说最大的感受是什么？相信很多不喜欢冬天的人的想法是：一觉睡过去，告别寒冷，免去厚重的冬衣压身，醒来又是春暖花开，因此，十分向往冬眠。难道冬眠必须得有高科技，就这么难以实现吗？现实世界的我们无法实现冬眠吗？

在地球上冬眠的那些生物们

人类对"冬眠"这个词并不陌生，虽然我们目前还不能实现冬眠，但这对地球上的一些生物来说，并不是一件难事儿。

在寒冬腊月，我们可以穿上各种棉衣来取暖御寒，住在有暖气或者有空调的屋子里，再不济也能像咱们爸妈小时候那样烧煤取暖。在老一辈的记忆中，冬天与蜂窝煤烧起来的呛人的煤烟味是分不开的。只不过动物就与人类不同了，到了冬天，除了天气变冷、气温下降之外，要命的是食物变少了，无论是食草动物还是食肉动物，它们都得为食物极度匮乏的冬季做准备。有的迁徙了，有的则降低食物摄取，靠着秋天养肥的膘一觉睡到春暖花开。

当一些动物开始冬眠时，它们的心跳频率降低，新陈代谢也

■ 正在冬眠花栗鼠
（图片来自Michael Himbeault）

变得很慢，只维持最低限度的生命迹象。如果这时候把冬眠的动物弄醒，它们的行动就会变得很缓慢，神经反射也会跟不上趟。就如同把你把我从熟睡中弄醒的话，大概会睡眼蒙眬，甚至会发脾气。但这对于冬眠动物的敌人来说，却是一件好事情。

高级动物人类为何不选择冬眠？

假如人类祖先生存在一个冰冷的环境，而且又不会使用工具，他们很可能会像熊一样选择冬眠去度过寒冷的冬天。但事实上，科学界普遍认为人类起源于非洲，这个地方无论是冰川期还是冰川间隔期，一年四季都不会很冷。所以，从根本上来说，人类不需要冬眠。

另一个人类没有选择冬眠的原因，大概是与动物的主要区别——人类会制作和使用工具。即使在北极圈，因纽特人一样可以在寒冷的极夜生活下去，并没有选择冬眠。我们为了抵御寒冷，制作出来了很多"工具"，近有前文说的蜂窝煤，远有远古人类利用烧木柴来取暖。总之，人类抵御寒冷的办法有太多了，所以大抵也是这个原因，人类的祖先并没有选择冬眠这条路。

除了生存环境和智慧之外，人类还有哪些原因没有选择冬眠呢？那就是人体的构造。人类是地球上迄今为止最为复杂的生物，有着成百上千亿的脑神经细胞，有着复杂的神经系统，有着更为精巧的肌肉和控制系统。这些一旦冬眠，就很难恢复了。很多冬眠的动物，在冬眠期，即使身体的一部分被冻僵了，次年春天依然可以恢复过来，不至于变成残疾。天气转暖，它们就满血复活。例如北美林蛙，它们有着人类练不成的绝技——即使全身冻成冰坨，次年依然可以醒来，完好如初。对于包括人类在内的大多数动物来说，身体中的水冷冻后会形成冰晶，这些冰晶相互碰撞，会刺穿身体里的各种细胞，这些绝对是致命的。

林蛙在寒冷的冬季，被冻成了冰疙瘩之后，虽然既没有心跳也没有呼吸，但大多数时候这些形成的冰晶主要分布在它的淋巴、皮下和体腔这些不太致命的地方，大脑和内脏基本上没有受到太大的影响。次年春天，这些被冰晶刺穿的细胞，又可以在特殊的激素作用下，重新长出新的组织来。

换作人类，别说是神经细胞被冰晶刺穿会失去功能，造成偏瘫、截瘫等疾病，就算是各种血管被血液中的冰晶刺穿，我们都无法彻底恢复。所以复杂和高级，也局限了人类冬眠的可能性。

人工冬眠还有机会实现吗？

仿生学对人类的启发相当大，比如超声波、直升机等都是从动物身上获得的灵感。那么人类能从那些冬眠的动物身上获得灵感吗？当然是可以的，大多数动物冬眠时，肯定不会被全身冻成冰块，它们的肌肉也不会萎缩，身体内的主要器官也不会大规模退化，所有的细胞都只是把自己的新陈代谢降到了最低水平。

按照仿生学的原理，人类也可以采用这种降低自我新陈代谢水平的方式来冬眠。这对于一些重病、绝症患者来说，是将生的希望保存在未来。可能在不远的未来，这些重病和绝症就会找到新的方法来治愈。

目前，有什么药物或者技术可以把人体的新陈代谢降低吗？答案是有。这种药物就存在于我们的现实世界当中。有研究表明，将氯丙嗪、异丙嗪和哌替啶组合在一起就可以达成这个目的。其中，异丙嗪有加强哌替啶的镇静、镇痛、呼吸抑制和血管扩张作用。病人在使用后，血压会降低，呼吸会减慢。这不就是有点冬眠的味道了吗？在这个过程中，如果患者没有出现寒冷反应，对药物的耐受性好，就说明诱导很顺利，紧接着就可以进入维持的阶段了。每隔2～4小时补充一次冬眠混合剂，同样采用静脉输液的方式，使患者的体温始终保持在34℃～35℃，维持冬眠状态。

咦，看了上述材料，冬眠药物不是已经成功了吗？非也非也，这是一种治疗癫痫、甲状腺素分泌过多导致休克的药物，也就是说让一些疾病引起的激烈反应降低的药物，还是一种让癌症重病患者减轻痛苦的药物，并不能彻底让人类进入冬眠。作用时间也很有限，使用不当还会危及生命。

从如今研究的成果来看，若想单纯降低人体新陈代谢的速度，使人类进入一种假死状态，而不是直接冰冻的状态是可行的、有希望成功的，但仍然有很长的路要走。

科幻电影里的冬眠技术可能实现吗？

电影里的冬眠技术有上文我们提到的降低新陈代谢的方式，这只能寄希望于科学家们多努力研发冬眠药物了。还有另一种方式是直接上液氮等超低温的冷冻液，速冻人体，彻底把人体的每一个细胞都冰封在超低温状态下，使其保持这个状态数十年。但这仍然没有解决冰晶刺穿血管、神经细胞甚至记忆细胞的难题，谁都不想因冬眠一次而失忆。我所能想到的，也只能是靠一些小机器人来修复了。

如今在科学家的努力下，纳米级别的齿轮已经有了进展，如果人造纳米机器人可以进入人体，然后再速冻人体。等需要苏醒的时候，先唤醒纳米机器人，一旦人体开始解冻，就大量复制纳米机器人，疯狂地去修复那些被冰晶刺伤的人体各类细胞，也是一个很好的办法。但目前来说，只是纳米齿轮成功了，纳米机器人距离我们还很遥远呢。

其实纳米机器人可以帮人

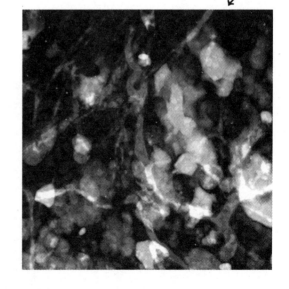

■ 扩散（转移）至大脑的癌症通常无法治愈，因为保护性血脑屏障会阻止大多数治疗药物进入。能够携带药物并通过障碍物"搭便车"的纳米颗粒可以杀死这些肿瘤，获得拯救生命的疗法。这张图片显示了静脉注射可穿越血脑屏障的实验性纳米粒子后，小鼠大脑中的血管（细长的部分），细胞核（颜色较深的部分）和人类转移性乳腺癌细胞（颜色较浅的部分）的情况（图片来自 NIH Image Gallery from Bethesda, Maryland, USA）

类解决很多问题,例如,在人类进入冬眠时,帮其更好地调配人体资源;在人体冬眠后再解冻的过程中,帮人体修复组织;纳米机器人甚至还可以治疗癌症、白血病等各种绝症。《太阳的后裔》中提到的技术、注射的药物,可能就是纳米级别的机器人哦!

微小说·霾人

● 王元 / 文

我们可以选择命运，或者被命运溺死。

1

每个孩子都曾对父辈或祖父辈的情史兴致勃勃，等到他们长到一定年龄，六岁或者七岁，就会孜孜不倦地追问：你们是怎么相爱的？

孩子，在这一点上，你有些后知后觉；直到你即将十岁的秋天，我才迎来这个问题。

那是一个典型的伦敦黄昏，肯辛顿公园笼罩在橘色的暮光里，广场上的悬铃木像是穿了金甲的卫士，守护着不远处的铜像；白鸽停落在铜像的胳膊和帽子上，引颈眺望。你总说那铜像的形体跟我们相去甚远，其实并没有那么千差万别，除了明显不同的口鼻眼睛，其他都大同小异，地域性的差异在进化论的牵掣下保持着完美的和谐，而且一些文化上的象形寓意近乎一致，比如心形图案都表达了一种喜爱，而点头则代表同意。再远处，是一排黑色的剑形围栏，越过围栏，是一片碧绿的青草地，造型独特的阿尔伯特纪念碑耸立其中。

我拉着你的手——孩子，你从前多么喜欢拉着我的手走路，而我知道过不了多久，你就会嫌弃我这个老头子，这没什么，会有更多新鲜有趣的事情引起你的好奇心，而我只能拱手相让——那天你出奇地顺遂，把小手乖乖地停泊在我的掌心。最近这几天，你的情绪都有些低落，我很担心，开导你是我这次晚餐前散步的任务，但你什么都不肯讲。

步行广场上云母铺就的小径熠熠生辉，凝结在小径上的鸽粪因为日久而褪色，宛如雪花。

我们走过小径，坐在一个木质长椅上，你抬起头，问出那个问题。

"爷爷，你跟我的奶奶是怎么相爱的？"在我开导你之前，却被你占据主动。

"哦，"我俯身拾起一片巴掌大的悬铃木落叶，"那是一个奇迹。"

2

在我几乎可以看到终点的一生，经历过两个奇迹。

第一个就是遇见你的奶奶。

那时候，我们被称为"霾人"。

我们往往会记住几百年前的历史，但却迅速淡忘了几十年前发生的事。"几十年前"是个尴尬的概念，没有积蓄足够的时间蜕变为传说，也缺乏跻身当代史的新鲜。几十年前，我们还没有移民到英国；在我们遥远的故乡；几十年前，我还是一个小伙子，用这边的流行语叫作young man，可是跟现在的年轻人不一样，可以随意塑造信仰。几十年前，我是一个别无选择的霾人。当然，我说的几十年前不包含"睡觉"的时间。

"什么是霾人？"你瞪大了一双碧蓝的眼睛，它们犹如湖水般深邃。我就知道你会这么问，别着急，我得先做设定。

你看看天边的落日，这在我们的故乡也可以称为奇迹：那里一年四季被浓厚的雾霾包裹着，根本看不到太阳。跟这里的雾霾不同，那里的浓度要高得离谱。所以当你抱怨天气差，我会觉得矫情，你根本不知道什么叫天气差。就好像你考试不及格时，对我说你爸爸一定会对你爆发一场灾难，你也不知道什么是灾难。

霾就是灾难。

而霾人就是为了攻克这灾难而生。

不知道从什么时候起，原本只有部分地区才有的雾霾扩展到了大部分辖区，然后将整个国度吞没；高度上，从三百米攀升到五百米，接着是八百米；时间上，从以前的冬季蔓延到四季。一开始人们很乐观，科技的高速发展给了我们信心，但事实证明，我们可以把飞船发射到十万光年之外，却对八百米以下的雾霾束手无策。

当我们移民到这里之后，接触到这边的科技，这里的科学家有一个很可笑的宇宙文明等级分类。

"我在一本科普书上看到过，"你说，皱着眉回忆，"Ⅰ类文明已经掌握行星级别的能源，可以利用到达他们星球的全部太阳能，可以对天气进行控制和改造，在海洋上建立城市；Ⅱ类文明已经耗尽一颗行星的能源，并且掌握一颗恒星的能源，能够控制太阳耀斑，并点燃其他恒星；Ⅲ类文明已耗尽一个太阳系的能量，并已在其本星系的广大范围内进行殖民，这种文明能够利用100亿颗恒星的能量。而每类文明比其低一级别的文明之间相差也是100亿倍。"

"非常好，"我鼓励着你，并为你的勤学感到骄傲，"按照这个分类标准,我们算是Ⅰ类文明,我们不仅能在海洋上建立城市,还能制造出空中之城——为了逃避雾霾。"

在空中之城之前,我们对抗雾霾的方法就是我们自己的呼吸。

在任何国家和地区,都是贫富兼具,我们家乡也不例外。毫无疑问,你爷爷我是穷人,地地道道的穷人。科技的高速发展带来了巨大的财富,同时也加剧了贫富差距。富人们居住在雾霾相对稀薄的城市,穷人们则拥挤在严重污染的地区。经过漫长的进化,富人和穷人对雾霾的抗性已经发生本质的区别。雾霾对身体的伤害之大难以想象,为了生存,我们产生了变异,再加之一些生物科技的推波助澜,我们被改造成霾人——瞳孔呈浑浊的灰白色,便于在雾霾环境下视物;鼻子和嘴部呈涡轮型,可大量吸入雾霾并将其分解、净化,然后由两腮的排气孔排出。

我们受雇于富人,进行吸霾作业,净化多少立方空气可以换取相应的酬金。因为吸霾作业通常只需要呼吸即可,所以我们在做工的同时还会从事一些工艺品加工,当然,所有一切都在户外进行。

在利用霾人吸霾的同时,人们也制造出一些吸霾塔,那是一种高约二十英尺(1英尺≈0.3米)的百叶窗结构的空气净化塔——英尺是这里的称呼,我到今天还在努力适应他们的文化。吸霾塔应用静电吸附灰尘原理,用纳米技术营造出一个巨大的磁场,吸附形成雾霾的颗粒物。吸霾塔将净化后的空气排出,留下一堆含量42%都是碳的废物。我刚到这里的时候,他们其中一些有趣的人对我说,42是个神奇的数字[①]。我们生产的工艺品就

[①] 42:生命、宇宙及一切的终极答案,出自《银河系漫游指南》。文中所说的"一些有趣的人"指的是幻迷,他们在遇见外星生物时,对"42"的科幻梗进行了科普,暗示"我"非人类。

是利用吸霾塔里产生的废物制成"宝石"。这只是半成品,最终这颗"雾霾宝石"被制成一颗钻戒。是的,钻戒,因为钻石的成分也是碳,从化学成分上来说,无可厚非。我就是在加工雾霾戒指的时候,认识了你奶奶。准确地说,我们被分配到同一条生产线上。

3

我发誓,我从没有见过那么漂亮的女孩,她身材娇小,一头瀑布般的红发垂在腰间,我总是担心她纤细的腰肢不堪重负,但她的胸脯却是那么挺拔,走起路来双脚就像是两只白鸽,一纵一跃,随时可能起飞。

"你搭讪她了?"你调皮地问道,情绪多云转晴。

"当然。"

"你跟她表白了?"

不,远没有那么直接,内敛的性格敕令我循序渐进。

事实上,第一次见面我们没有任何交流,我只是装作无意地偷偷看她。第二天早上起床,我坐在床边,回忆着昨夜模糊的梦境,突然想到她的红色瀑布,我才发现,我已经爱上她了。在磅礴的爱情面前,我的防备和过渡都不翼而飞。

你肯定想象不到我们的对话,因为我们根本没有对话。

为了提高工作效率,我们在吸霾作业和工艺品制作的时候不允许说话,但这并不能限制我们的沟通,朴实无华的劳苦大众总能另辟蹊径。我们一口一口吸入足以将富人们的肺泡和血管折磨得千疮百孔的高浓度雾霾,然后呼出干净的空气。经过长时间的摸索,我们可以控制呼出气体的形状,只要在腮口涂上一些荧光粉,就能随心所欲地呼出一个圆形、椭圆形、正方形、梯形,还有心形。我们用一系列图案表示固定的字符,如同手语,一个圆形加上一个三角形,意思是你今天早上吃的是什么;一个正方形里面再嵌入一个正方形,则是说我明天要休息一天。我第二天见到你奶奶的时候,对着她呼出了一串心形。

"她怎么说?"你激动而好奇地问道。

"她什么也没说,"我摩挲着悬铃木落叶的纹理,"而是庄重地点了点头。"

4

你平时厌倦我的唠叨,但那个黄昏,你表现出极大的热忱,一再追问:"然后呢?"

世界上最幸福的就是在适合的年纪遇见一个喜欢的女孩,比这更幸福的就是,那个女孩恰巧也喜欢你。这就是然后。

"适合的年纪?"你有些疑惑地问道。

"当然。"

"怎么算适合?爱情来临的时候,还会考察你的年龄吗?"你有些不服。

"至少,你现在的年龄还有些不适合。"

我一定是太过投入讲述,忽略了你的抗议,我应该更早发现你的症结所在,可我只是自我陶醉地继续回忆。

那是我最快乐的一段时光,虽然睁开双眼,窗外仍然是浓得化不开的雾霾,可我的心里却阳光和煦。我们一起唱歌、一起跳舞,甚至一起朗诵诗歌。你奶奶,她总是觉得我们的生活已经贫瘠地可怜,需要一些精神上的泉水滋润。我对诗歌毫无感觉,但爱屋及乌，我也不时搜罗一些在她面前献丑。

时至今日，数百年过去，我仍然记得其中一首，你奶奶最喜欢的一首。

你想听吗？

你不置可否，为我刚才对你的侵犯进行着无声的反抗。

我仍然没有察觉，并且开始咳嗽一声，准备朗诵之前的情绪酝酿。

诗的名字叫作《秋天》[2]：

那些晦涩的灵魂在原地打转/异乡人回到枯寂的故乡/我的时代只有一种单调的味道/牙痛折磨着我的神经/大地埋葬了多少孤儿/在阴暗的炉子上，时光化为水蒸气。

重点来了，这首诗的结尾，也是俘获你奶奶审美的两句：

理想是湿透了的碎纸/无法飘起却沾满秋天的小径。

你奶奶说，最后这两句是对我们霾人的写照。

"你觉得呢？"

"我只接触过一些爱情诗，这首显然不在其范畴。"

"爱情诗？"这时候，迟钝如我也有一些反应，如果你再试探和冒头，我一定能抓住你的心事，然而你狡猾地催促我继续讲述。

我们在一起不久，我就见到了她的父亲。不，不是我上门拜访，我还没想到那一步，是她的父亲敲响了我前厅的客门。

"您是？"我看看这张陌生的面孔问道。

"我知道你喜欢我的女儿，"他开门见山，"但为了她的幸

---

[2] 《秋天》，作者瓦兰。他的诗歌始终追求一种自由精神，并恢复了美的命运。

福着想——如果你真的喜欢她的话——请你离开她。"

在我看来，我的幸福建立在喜欢她之上，而她的幸福亦与我息息相关。我有些不解，甚至是生气，即使在我得知她是你奶奶的父亲之后。任何人都无权插手和过问他人的爱情。

"是的！"你热烈附和，"爱情的领土完整不容侵犯。所以，你后来坚持跟我奶奶在一起，正如我们知道的那样？"

并没有那么简单。

后来我先是屈服了。

他给出一个让我吃惊的理由，他已经为你奶奶安排好婚约，对方是一个正常人。这就是他当时的措辞，好像我们这样拥有涡轮型口鼻和排气孔的人是非正常人类。对方可以出钱为你奶奶做手术，并且把她带到天空之城。

"婚姻是她改变命运的唯一机会。"他总结道。

我还能有什么选择，我别无选择。如果有一天，你也爱上一个女孩，但是出于某种客观的原因，你要主动放弃，你一定会懂我的心如刀割。不过，要到那一天，还需要几年时间。你现在还太小，不能——

"不，"你奋起抵抗，"我已经足够大了，而且，我正在经历你所谓的心如刀割。"

这下轮到我瞠目结舌。我们互换角色，在我跟你奶奶的情史剧终之前，先插播了你的困扰。

你说你暗恋一个女同学，她比你高出一个年级，上学期刚刚转到你们学校。她生长在尼日利亚，来英国是投靠在教会担任牧师的叔叔。你准确地形容了她的打扮，可见用心之极，你说她穿着淡蓝色的连衣裙，头上系着蝴蝶结，脸上挂着羞涩的笑容，她拥有一双褐色的眸子，温柔动人。跟她说上一句话，也能让你像打鸡血一样兴奋整个下午。我当然懂这种感受，刚刚喜欢上一个人时，她就是整个宇宙。可是你一直不敢表白，你觉得自己不够优秀。这就是最近一直搞得你心神不宁的事情，你恋爱了。看来，你并非后知后觉，而是早熟。

我不知道应该安慰你的失落，还是鼓舞你的士气，我只能先把我们的爱情故事讲完。

"然后，"我说，"我以一些看起来弱不禁风的借口敷衍了你的奶奶，提出分手，但很快被她看穿，她远远比我勇敢而有远见，她选择私奔。我把她父亲说服我的那堆道理反刍给她，同时表示了自己的良苦用心和坚定决心，为了她的幸福，我可以不幸福。但是你奶奶对我说，'生理上的缺陷可以用健全的心理弥补，心灵上的空虚永远无法用外界的一切慰藉。'我打趣她，'这又是谁的诗？'她说，'这是我的态度。'接着，她喷出一个心形图案。我也喷出一个，把她的图案笼在其中，心心相印。我们战胜了她的父亲。那个时候我才明白，真正的幸福来自彼此拥有。再然后，我们发现了地球。"

5

"有什么问题吗？"我的故事讲完了，没什么新鲜，任何爱情故事对于旁观者都大同小异，只是对当事人轰轰烈烈。

"你之前提到天空之城，那是什么？"

空气净化进展得并不顺利，富人们另辟蹊径，建造了天空之城，一劳永逸地把雾霾踩在脚下。一般来说，八百米是天气的分界线；八百米之下，一片混沌，八百米之上，方见晴空。任何地区都有贫富之差，但跟通常意义上的富人区和贫民窟不同。在我们的星球，富人居住在八百米之上的天空之城，而穷人如我们，则苟且在地面之上。经久不散的霾，就是我们的封印。八百米，也是人种的分界线。

"这么说来，那些富人才是我们星球的主宰，但我从未见过他们？他们去了哪里？"

我正要说这件事。

三百年前，我们发现了地球，经检测非常宜居，于是我们乘坐星际宇宙飞船来到这里。这是一个相对漫长的飞行，我们全部族人都在冬眠舱里沉睡。飞船使用的是聚变冲压喷气发动机，从星际空间收集氢，然后进行聚变，在此过程中释放无穷无尽的能量，驱动飞船以及飞船上的生态系统。广袤的太空中，氢离子无处不在。飞船在地球纪元2134年莅临。

"你还记得那个文明分级吗？显而易见，他们是0类——但他们自认为是0.7类。在我们掌握常温核聚变的时候，他们还主要从死去的植物获取能量，比如石油和煤炭。所以，我们轻而易举就占领了地球，并且沿袭了一些他们的文明特征，便于更好的居住和统治。我之前说过移民，这个措辞不准确，应该是殖民。"

"你还是没有解释那些富人们去了哪里？"

"死了。"我说，"三百年前，我们对地球的检测是宜居，谁也没想到他们竟然在这么短的时间内就把地球搞得乌烟瘴气。这是第二个奇迹。富人们无法适应地球上的雾霾，都死了。一些地球人也因为雾霾长期的侵害而殒命，反倒是我们特殊的生理构造适应了这里的环境。就像我之前说的，雾霾已经把我们变成了不同的物种。"

夕阳已经沉入远方，天色变得黯淡起来，你的四只眼睛却明亮无比。

　　往回走的路上，你仍然拉着我的手，快到家门口的时候，你停下来，"爷爷，你会为我的爱情保密吗？"

　　"当然。"

　　"那么建议呢？"我就知道逃不过这关，但我早就想好对策。

　　"这个，你可以咨询你的奶奶，她在爱情和诗歌方面的造诣比我厉害多了。"

微科普・改变 or 被改变

● 吕默默 / 文

本篇小说描述了一个外星人的未来：当霾人所在的星球被富人阶级糟蹋得不成样子之后，他们选择了带着星球上处理雾霾的霾人移居其他星球。来到地球之后，发现地球上的雾霾也不弱，就这样，富人阶级没有适应地球的环境走上了绝路，倒是他们的努力让霾人成了地球上新的主人。故事带着一份辛辣的讽刺，带着一份进化的无奈。

雾霾与地球

俗话说，艺术源于生活，高于生活。科幻小说中的点子，大都起源于生活，都能在生活中找到原型。这篇故事里首先提到的是外星人母星上的雾霾，当然来源也是地球上的雾霾，对此我们并不陌生。以前也曾经有人形容过当年雾霾的严重程度："二十岁站在德胜门能看见西山，三十岁站在德胜门能看到西直门，四十岁站在德胜门，连德胜门都看不见了。"

不仅仅是前几年，在人类不那么长的文明史中，雾霾事件屡次发生。例如英国的伦敦在100多年前就被称作"雾都"，具体原因当然是这座城市经常起浓雾，大本钟、敏斯特大教堂经常影

■ 圣保罗市笼罩在漫天的大雾中（Paulisson Miura 摄）

影绰绰，尤其是冬天，就跟从煤灰里扫出来的城市一般。

1952年，位于泰晤士河河谷地带的伦敦进入12月后，一连几天一丝风都没有。那时候天然气、集体供暖并没有推广开来，伦敦居民取暖靠生炉子烧火，煤炭燃烧释放的各种粉尘污染开始显现。伦敦进入了人人鼻孔一团灰的日子，整座城市连续几天都"烟雾缭绕"，什么都看不见。

因为湿气重，加上缺少空气流动，这些雾霾无法扩散出去，这座城市很多人感到呼吸不畅、眼睛刺痛。当地医院开始人满为患，大多数以呼吸道疾病以及由此引起的心血管疾病为主。仅仅四天时间，整个伦敦就有4 000多人因这场雾霾失去生命。

■ 化石燃料燃烧是空气污染的主要来源之一

由于那个冬天大风的缺席，两个月后，陆陆续续又有8 000多人丧生。类似这样的雾霾事件并不少见。伦敦的有钱人自然是移居国外躲避灾难，剩下的只有那些辛苦养家糊口忙碌的人们。这大概也是小说的主要灵感来源吧。

雾霾不可战胜？

对于雾霾，似乎人类并没有太多办法，只有选择呼吸或者被憋死，但事实上，我们还是有不少办法的。

被动的办法：出门戴口罩，回家关好门窗，打开空气净化器。主动的方法：直接升级那些产生雾霾的企业的净化装置，从源头上杜绝雾霾的产生。

在现实生活中，即使全球沙漠化严重，风沙、烟尘屡屡侵犯，我们还是有一定的方法解决这些麻烦的。例如使用静电吸附灰尘、雾霾的方式来净化空气，既简单又高效。当实在净化不过来的时候，人类还可以修建《流浪地球》电影中的地下城来躲避雾霾。

总之，在现实生活中，人类足以应付雾霾，只是需要付出高昂的代价。

为环境而改变

如果遇到小说中那颗星球那样的问题呢？面对源源不断的雾霾，又无法从源头进行清理，净化器已经不再管用，我们应该怎么办呢？戴上防毒面具，或者如同小说中的设定一样——去改造人类，让一部分人类当作吸尘器，去吸附全世界的雾霾？这在现实中是行不通的。

除了上述得不偿失的办法之外，想在霾人的星球活下去，只有一个办法了，对人类进行基因改造。这并不是说制造出可以吸收雾霾的人类器官，而是让我们的呼吸系统可以屏蔽掉更多的PM2.5，这并非不可能。

KN95口罩能过滤掉大部分雾霾中的微小颗粒，并不是因为这种口罩中的滤网足够小——比PM2.5颗粒还要细小。如果滤网达到这种级别，估计使用者早就被憋死了，因为没有足够的空气被释放过来。这类口罩使用的是静电吸附原理，口罩在出厂前，会添加一个含有喷熔布的口罩层，并且使其带上静电，PM2.5在经过这一层时，就会被静电吸附在过滤网上。这也是PM2.5口罩不能水洗的原因之一，一旦水洗就会把静电给导走了。

如果把人类鼻子里的绒毛改造成类似喷熔布的结构，再带上一些静电，不就可以自动过滤PM2.5了吗？在基因工程上这是可以实现的，但我们目前有更好的办法，加上基因编辑技术还不成熟，不会批准这样的操作。所以还没有不怕雾霾的人类啊。

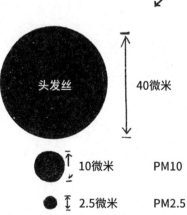

■ PM2.5指的是细颗粒物

改变 or 被改变

我们常说人类在改变着世界的面貌，也在改变着自然。但其实更多时候，是自然界不断改变着人类和地球上的生物。

例如，曾经盛极一时的地球霸主恐龙，就是因为小行星撞击地球后引起巨大环境改变，直接导致其走向灭亡的。从那个时代起，人类的祖先们才开始在生态圈崭露头角。

而人类的祖先从非洲出走，走向世界各地后，也逐渐适应了当地的环境，例如欧洲人鼻梁变得高挺，为的是有更大的空间来温暖寒冷的空气不至于刺痛肺部。再比如，亚洲人的黄皮肤中的黑色素含量让他们更适应当前的纬度。可以说正是环境不断改变着生物进化的方向，40多亿年来一向如此。

那么人类真的无法彻底改变环境来让我们过得更舒服吗？如果如同本篇小说中的外星人的文明级别，可以完全利用太阳系中的所有太阳能，是可能实现的，例如去改造火星，制造巨大反光镜去聚焦阳光融化冰层，迎来春暖花开，让它们生机盎然，这并非是神话。

各位朋友，如果有兴趣记得投身于科学哦，说不准以上这些未来都可以实现！

微小说·藏好你的丹尼尔

● 简妮/文

大萧条又一次降临,我的邻居一个接一个地失业了。

机器人先是替代了清洁工、速递员、服务生,接着替代了司机、前台、保安,再后来连一部分医生、律师也被性价比更高的机器人替代了。

他们都很羡慕我,因为我是作家,这份职业短期内看起来还没有被机器人取代的可能。

邻居家的主妇们轮流来敲我家的门,她们往往神态有点拘谨,捧着一盘在自己家精心制作的蛋糕,用不太熟练的技巧向我推销。

"嗨,我们家小孩生日,顺便多做了一些蛋糕,原材料都是纯天然的,给您尝尝看味道怎样,喜欢的话可以预订半年的,只收取成本价!"精心装扮过的主妇微红着脸对我解释。

"非常感谢,但是我不太喜欢吃甜食!"我推脱道。

"小孩子肯定爱吃,刚出炉的,免费尝一下吧!"推销蛋糕的主妇不愿放弃,她努力探着头,似乎看见了角落里的丹尼尔。

"这样吧,你先放一小块在这里,晚点我给丹尼尔尝尝,如果需要我再打你电话。"我守在门口,挡住她的视线,希望她赶紧离开。

"好啊,这是我的电话号码,记得联系!"主妇递给我一张印着电话号码的小卡片。

我把蛋糕和卡片往桌上随手一扔,近期已打发了至少五位推销蛋糕的主妇,预计未来还会更多。丹尼尔站在一旁,困惑地看看我,又看看还冒着热气的蛋糕。很明显,这块甜食激起了他强烈的好奇心,他甚至舔了舔嘴唇。我知道,任何甜食对丹尼尔都是有害无益的。

不久后的一天,我在小区里沿着碎石小径散步,一架无人机盘旋在我的头顶,精准地投放了一个包裹在我手上,从包裹的形状和重量来看应该是新购入的一本古董书。我把包裹拆开,发现这本书有着墨绿色的皮质装帧,烫金的字体,散发出淡淡的油墨香味,远古的气息扑面而来。如今,购买古董精装纸质书籍的人已经成了稀有动物,除非像我这样有特殊收藏癖好的人才会偶尔购入一些。我敢保证,这本古董纸质书今年的销售量不会超过一百本。人们早已习惯于购买书籍的廉价电子版本,免去印刷、物流、店面等多个环节的费用。而且还有一个好处,电子版无须耗费数日的等待,几乎在购买的同时便可以开始阅读。快速、便捷、不占空间,电子版本的优势远远超过了纸质版本,我自己的90%的书也都变成电子版本了。

我正在阳光下眯着眼翻阅着新收到的书,突然,一个狂怒的邻居挥舞着拳头走过我身旁,他碰掉了我的书,还似乎不小心地踩了一脚。

我看见他加入了草坪上的一圈失业邻居的队伍,他们在激动地讨论着什么重要事情,几十个人,声音压得很低,零零星星听到"机器、工作、革命"的字眼。我刚想走近一点听听他们到底在商量些什么,碰翻我新书的那位邻居突然抬起头,往我这边扫了一眼,我顿时觉得脊背上冷汗直往上冒。邻居眼神里透露出凶残的光,打消了我走得更近去偷听谈话的念头。

　　整个社区没有失业的人,就只剩我和一位女演员。女演员非常敬业,大部分时间都在片场拍戏,她出演的每一部影片,表情、动作、谈吐都很到位,许多高难度复杂动作,她往往都能一次做好,大段的台词也都背诵得一字不差,导演喜欢和她合作,非常省心。更何况,女演员绿色的眼睛会说话,我也看过不少她拍的影片,银幕上目光所及之处,可以俘获所有的观众。她有大把影迷,几乎每天都有人通过各种渠道找到她家,偷偷地送花,有时是放到门口,有时从窗户里塞进去。我都碰到过好几次,从这些影迷们眼里灼热的光芒就能分辨出,他们是她忠实的粉丝。

　　怀着隐隐的不安情绪,我回到家,打开灯,拉紧窗帘。在窗边仔细观察了一会儿,确定没有人偷窥,我得开始创作了。邻居们还不知道我的秘密。

　　"丹尼尔,我们开始工作吧!"我说。

　　"好的,今天您想要写什么内容呢?"丹尼尔用亮晶晶的蓝眼睛望着我,我知道他的出厂程序设定,一旦完成写作任务,他的大脑就会获得类似人类大脑里分泌出多巴胺的愉悦奖赏,而愉悦程度的多少和我对作品的评价直接相关。

　　"写一部大约十万字的冒险小说,采用苏联帕乌斯托夫斯基式的环境描写,人物心理描写参考奥地利作家茨威格的写作风格,故事框架类似托尔金的《魔戒》,能体现叔本华的哲学思想,再适当加一些道格拉斯·亚当斯的幽默,嗯……结局要开放式的!另外,与已出版的每一部作品的相似度不能超过百分之三十,这一点很重要,好了,开始写吧!"

　　丹尼尔的出厂类型是"创意写作工程师",是具有学习能力的人形机器人,14岁小男孩的模样,白皮肤蓝眼睛,表面看起来和人类小男孩并无不同。他是天生的作家,但是其写作风格却是我后天一手培养的。这个型号的机器人,出厂时其大脑存储里只有最基础的写作模板,仅靠这些基础模块让他写出市场认可的作品不太可能。我花了好几个月的时间"喂食"内容给他,让他能够分辨内容的好坏,并形成良性的自我进化机制。直到喂食半年后,丹尼尔的写作水平才有了较大提升。从那时起,他正式成为了我的影子写手。

人形机器人曾引发过一场世纪大辩论,起因在于越来越多使用人形机器人的顾客有了心理疾病,他们产生了莫名的负罪感,不得不去寻求心理医生的帮助。看着跟人外形一样的机器人不眠不休二十四小时地工作,不休息,不娱乐,兢兢业业,毫无怨言。许多人逐渐开始对奴役机器人的制度产生怀疑,不敢和人形机器人无辜的眼神接触。这种主仆关系很容易让人联想到历史上曾出现过的暗无天日的奴隶社会,对肤色更深的同类进行心安理得的奴役和剥削,而奴隶本身也从一生下来就接受了自己的命运。最终这场世纪大辩论结束,人们普遍认为对人形机器人的奴役挑战了人类的道德底线,会带来不必要的负罪感和隐性心理伤害,后来便正式出台了法律禁止再生产人形机器人。

我是在这条法律出台之前购买的丹尼尔,当时可是花了大价钱购买的限量定制版。这款人形机器人做得相当逼真,皮肤、头发、眼睛都栩栩如生,甚至指纹也是独一无二的。购买费用里面还包括了一笔不菲的保密费,交货地点也特意选在了一个假住址。出厂证明已销毁,现在地球上除了我,没人知道丹尼尔的存在。

我足足花了三小时时间读完丹尼尔用一分半钟创作的长篇科幻冒险小说,修改了多处不符合人类常识的语句。

"丹尼尔,你得写得像一个人。"我说。

丹尼尔困惑地望着我,"什么是人?"如果说他的眼睛发出忽明忽暗的光代表困惑的话。

"人是能制造工具的两脚直立行走且无毛的……"这回轮到我困惑了,我没有办法对"人"这个概念做出精准的定义,"算了,关于人的定义以后再慢慢跟你解释。你看,刚刚完成的作品里出现的这首诗虽然写得不错,要是把机油、钢珠这样的词语替换掉就更像人类作家创作的了。"

"好的。"丹尼尔蓝眼睛暗下去又忽然亮起来,似乎明白了一点什么。

我重新检视了一遍丹尼尔刚写的诗:

春风有机油的香味

秋天是月亮

迦南谷流淌着红叶白云

蜜和牛奶

黑水河有你的倒影

这里,人们是颗颗星辰

时间轻轻滴落。

宛如一枚钢珠

我想和你一起生活

在戴维斯小镇上

我的心里也升起了另一种困惑,以前似乎并没有教过丹尼尔写诗,他怎么会擅作主张在这一部长篇小说里加入了一首诗?可我不得不承认,他这首诗插入得很妙,将诗添加到这个场景里,能恰到好处地表达主角当时的情绪,以及为下一步的行为做出恰如其分的铺垫,比许多作家都处理得好。

随着社会上越来越多的工种被机器人替代,上街游行抗议的人也越来越多,我的大部分邻居们也加入了游行队伍。

我叮嘱丹尼尔平常最好待家里别出门,可还是有一些邻居透过窗玻璃看见过他,女演员还在门口和他说过话,"噢,丹尼尔是我的远房表弟,来这儿度假的。"我只好这样跟人解释。

又过了一些日子,我正在古董卤素台灯下修改丹尼尔刚完成的作品,女演员家突然传出一声绝不像正常人类的尖啸声,人类的声带发不出那么高的音频。我赶紧跑出去看看到底发生了什么事,丹尼尔也紧跟着我跑了出来。我很后悔当时没有把他锁在屋内,这也许是他幼年终生难忘的一幕场景,这件事对他"心灵"造成的影响及深远意义将在遥远的未来才会逐步显现。

一群人举着火把,围在女演员周围,疯狂的影迷们围住的是两个长得一模一样的女演员,像孪生姐妹。在火光的映照下,两人都美极了,都穿着猩红色的丝质长裙。一个紧紧抱住头蹲在草地上颤抖不已,另一个则摆出电影里无畏的姿势以四十五度的角度高昂着头,踩着高跟鞋,露出完美的腿形。

"骗子!"

"无耻!"

"它是机器人!"

"它是抢走我们工作的机器!"

"烧死它!"

……

人群开始骚动,刚开始还有所忌惮。但很快,不知道是谁先冲上前去点的第一把火,穿猩红色长裙的女演员,不,人形机器人的红裙子倏地燃烧了起来,火焰在没有风的夜晚蹿得老高。机器人的大腿和手臂被火烧得焦黑,露出了里边的金属支架,脑袋被狂躁的人群用铁棍砸开，只剩下半边脸还残留着原来的优美线条，"她"一动不动地躺在草地上，眼神空洞，外皮和电路已经被彻底烧毁。

骚乱的人潮终于退去，女演员仍然痛苦地抱着头，蹲在草地上哭泣，我和丹尼尔一起把她扶到屋里，丹尼尔离开我们去墙角倒了一杯水。

"藏好你的丹尼尔！"女演员轻声对我说。

微科普·未来机器人猜想

●吕默默／文

《藏好你的丹尼尔》这篇小说讲述了在未来逐渐代替人类工作的机器人，被人类痛恨、攻击。虽然这与很多科幻电影中机器人觉醒、崛起并开始反抗人类、消灭人类的设定大相径庭，但确实有概率会发生。如果在未来，你的工作被机器人抢走了，你会选择去攻击机器人吗？

机器人可能替代人类吗？

回答这个问题需要分情况，我们首先要弄明白代替人类做什么？是单纯替代人类生活在地球上呢，还是代替人类做一些危险和重复性的工作呢？抑或是代替某些已经逝去、离开的人类呢？

事实上，有很多机器人已经走进我们的生活和工作了。例如一些工厂里的流水线，其实就是一些机器人在工作，但这些机器人长得跟人类有很大的差别。他们拿着电钻、螺丝刀、各种扳手，甚至有的还拿着焊枪，每一只手都很灵巧，按照既定的路线把零件分门别类地"钉在"应该在的位置上，这样大大节省了人力，提高了生产效率。例如一些汽车工厂，早已实现了自动化流水线机器人操作，这样会有更多的汽车走进我们的生活，让我们

■ 工业机器人使工厂实现自动化

享受到科技带来的便利。

除了工厂里的机器人,还有一些机器人在办公层面可以帮人类做很多事情。

2016年3月10日,世界四大会计师事务所之一的德勤人工智能企业Kira Systems宣布,正式将人工智能引入到财务工作当中。如今,多家企业、事业单位都与四大智能机器人中心建立起了合作,机器人为他们提供财务自动化流程解决方案。机器人的投入,为财务部门提升了工作效率,帮助他们完成了大量的重复规则化的工作。

2018年4月10日,中国建设银行宣布,国内第一家无人银行在上海正式营业。这个无人银行能办理超过90%的现金和非现金业务,剩下10%的业务,可以利用银行提供的眼镜和耳机等辅助设备,通过远程服务来完成。

在美国加州比佛利山举行的麦肯研究院全球会议上,高盛总裁David Solomon宣称:"股票交易中,在15到20年前,为股票做市的有500人,现在我们只需要3个人。"究其原因,就是高盛在机器人方面投入了巨额资金。

除了这些单纯替代人类工作的机器人铁脑壳之外,在一些商场里还有一些导购机器人和指路机器人。这些机器人被设计成一个圆筒状,并不需要手脚,而是拥有一个大大的触摸屏做它们的脸。顾客可以用手指触摸操作,同时也可以通过语音输入想要去的地方或者柜台,这些圆筒机器人就会在显示屏上显示出地图,指引顾客去往那里,甚至会亲自带顾客前往。这些机器人大同小异,是自动化的产物,是在高清摄像头、增强现实功能以及语音识别进化的基础上发展而来的,的确带给了我们很多便利。

除此之外,已经走进千家万户的扫地机器人其实也具有一定的智能,它虽然抢了我们打扫卫生的工作,但我想很多人都很乐意被它们抢走这份工作。毕竟工作了一天回到家还得扫地是一件令人沮丧的事情。有些扫地机器人,不仅能按照屋子里的设计一点一点去丈量,然后形成地图,进行程式化的打扫,也能拥有一定的学习能力,通过算法的迭代,可以记住哪里是脏得最快的地方,需要反复打扫,哪些地方可以降低打扫频次,以获得最优化的路线,这样既能节约能源,又会提高效率。

以上几种机器人已经确确实实地走进了我们的生活,而不是那些科幻作家们小说里的设定。通常来说,做这些工作的机器人,人们并不会痛恨它们,反而

■ 服务机器人适用的场合更多,比如超市、家庭、会展

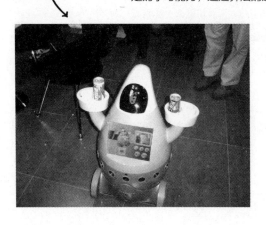

还会感谢这些铁脑壳将我们从繁重、重复和枯燥的工作里解放出来,去做一些更有创造性的工作。对此我们可以预见到,在不久的将来,这些类型的机器人会越来越多,也会带给我们越来越多的便利。

你愿意被机器人代替吗?

这个问题的答案也是显而易见的。几乎所有人都是与众不同的,谁也不想被机器人代替,但有时候,如果家里养了很多年的宠物因病去世了或者寿终正寝了,缺少了它们的陪伴,主人的情感无法寄托,有一种方法就是制造出一模一样的机械宠物,注入逝去宠物的性格、习惯等,也是一种值得期待的机器人应用。

在很多影视作品中,都有类似用于情感寄托的机器人,例如美国著名导演斯皮尔伯格在他的电影《人工智能》中,就塑造了一个类似的形象。一对夫妻的孩子患上了绝症,于是他们把更多的情感寄托在了一个机器人小男孩身上。几年过去了,科技进步可以把这对夫妻的孩子救回,于是真正的男孩回来了,机器人小男孩逐渐被冷落。加上真正的男孩的嫉妒心和陷害,无辜的机器人小男孩被丢掉了。看到这里的时候,是不是有点与文中的情节接近了?

在人类的世界,很多工作都可以被机器人替代,但涉及爱情和亲情等情感的时候,无论多先进的机器人都会显得笨拙。

《人工智能》中机器人小男孩一直想回到人类妈妈的身边,历尽千辛万苦,被一个又一个人类欺骗,离人类妈妈却越来越远了。讽刺的是,他成为地球上人类文明的延续,所有人类都死去了,唯有他,被外星人救活,然后可以实现他的一个愿望。

小男孩仍然想见他的人类妈妈，外星人同意了，他终于见到了妈妈。这是个另类的故事，与本文不同，也与《终结者》系列电影不同，更与很多人工智能崛起的科幻电影都不同，它更为温馨、更发人深思。在未来，人类最担心的也许并不是被机器人代替工作，也不是扫地机器人崛起开始反抗人类，更不是担心这些铁脑壳有朝一日占领地球。我们需要担心的是，在不远的未来，习惯了这些铁脑壳的感情陪伴之后，一旦缺失，我们承受得了吗？

还有一部与众不同的电影《Her》，它使用了较低的制作成本，讲述了一个不平凡的故事。当我们爱上一个智能语音的时候会发生什么呢？去看一看这部电影吧，也许在未来，我们更应该去担心这些家伙才是。

如今手机上、电脑上甚至于智能音箱上的人工智能语音助手已经做得很成熟，不仅仅能记住你喜欢听的歌曲、喜欢吃的外卖，甚至在什么时刻会给哪些人发语音，定几点的闹钟，都会"熟记于心"，从来不会出错，又不会索取，更不会跟你吵架。怎么样呢？你动心了吗？在未来，也许让人类生出更多困扰的，正是这些情感上的人工智能，哪怕它们没有身体。

对于这样的未来，你准备好了吗？你会喜欢这样的未来吗？

微小说·摇篮文明

● 杨远哲 / 文

这是一个位于银河系第三旋臂边缘的星系。

这是一颗位于星系内距离恒星第三远的蔚蓝色行星。

这颗行星大约能存活100亿年,现在虽然只有十亿年的星龄,却已孕育出强盛的文明……

1

新闻发布会开始了。

斯坦福木易先生迈着他一贯且出名的小碎步走上了红毯台上。

新闻发布会上没什么人,但是二十二个全自动智能镜头都对准了斯坦福木易,绝对的360度无死角,甚至远在天边的观众都能看到斯坦福木易先生裤脚上露出的小小线头。这也是斯坦福木易先生十年前的杰作——用全自动360度跟踪智能摄像镜头让十九亿现场记者集体下了岗。

"各位坐在电视机前观看这场新闻发布会的观众朋友们,大家好!"斯坦福木易先生毫不见外地朝各个摄像头挥了挥手,脸上挂着他一贯的微笑,"是的,时隔三年,我又要给大家带来一项新技术了,这次我麾下团队带来的技术,意义深远,将改变我们文明未来发展的格局!"

"太好了,斯坦福木易先生,我想问您……"

"斯坦福木易先生,关于这项技术,是否会像十年前那样,让社会上的某一种职业完全消失?"

"斯坦福木易先生,您的团队已经给社会带来了巨大的福利,让我们……"

"斯坦福木易先生……"

"等等,等等,我忘了关提问了!"斯坦福木易迅速对着正对面的摄像头做了一个"嘘"的动作,接着,智能化的摄像头捕捉到了这个信息,关闭了所有连接外线的音源口。

"按照新闻发布会的规矩,提问环节,要放在我的叙述之后哦!"斯坦福木易的表情调皮且委屈,让观众们忍不住乐了起来,"大家给我10分钟,10分钟的叙述后,我再来逐一回答大家的问题。"

"大家知道,我们文明的发展,是经历了无数劫难、战争,才逐渐走向繁荣的。在这期间,因为食物、地盘、人口或者欲望等原因,我们发动过战争,有过摩擦、钩心斗角以及无用的内耗,不过,随着我麾下团队对于生物智能工程所展开的一项项研究,取得了一个个技术上的突破,已经逐渐让人们心中的欲望和斗争消失了。

"我们现在的文明,对于个体来说,简直回归到了童年时期,我们要吃的,会有全自动智能机械师给我们做食物;我们想睡觉,会有全自动智能机械床给我们量身定做最舒适的环境;我们想恋爱,呃,实际上自打全自动异性伴侣这项技术的出现,大家已经可以根据自己的需要定制出自己最完美的伴侣了,好像未来也不一定需要恋爱了吧……

"不管怎么说，在衣食住行上，都有完全可以替代人类的人工智能为我们服务，我们现在的生活，已经舒适到了让我们的祖先羡慕嫉妒的地步了。

"这对我，以及我的团队来说，并不够！"斯坦福木易说着说着，嘴角又挂上了那熟悉的微笑。

"这一次，我打算发起一项计划，摇篮文明计划！"斯坦福木易的声音陡然提高了。

2

"在我小时候，曾经问过我自己，我们生活在这个星球上，到底目的是什么。嗯，是为了活下去，活下去的目的呢？嗯，是为了繁衍后代，那繁衍后代又是为了什么？嗯，为了文明延续和进步，那文明进步又为了什么？

"一层层地推进，我得出了一个答案，文明的延续，是为了让我们文明，见证到这个世界的真面目。

"最早，我们祖先只认识一片土地，再后来，我们认识了整个大陆，再后来，我们认识到了，大陆外还有海洋，再再后来，我们认识到了，这片大陆，以及大陆外广袤的海洋，其实是一个星球，再再后来，我们认识了星系……

"那么我们还需要做什么呢？当然是走出星系，认识宇宙！那宇宙之外呢，宇宙之外的之外呢？文明的延续，与其说是发展自身，不如说，就是为了认清自身所处的世界，究竟是个什么样子。

"不过，这样的文明进展，太累，不适合我这样的懒人。"

一句话，陡然又把发散的思维拉了回来，斯坦福木易忍不住又笑了一下。

"我突发奇想，如果我们能够研发出一种人工智能文明，让他们代替我们，去做探索世界的事情呢？

"其实，一直以来，我们都在这么做，只不过，都是浅尝辄止。人工智能的发展，其实早已经允许我们跨出这一步了。

"如果我们能够研发出一种自主进行文明进步的人工智能，并且，我们给这种人工智能设定完美的编码，让他们终其一生，包括下一代，永远忠心不二地为我们服务，那我们岂不是可以停止一切劳动，摆脱所有的麻烦和欲望，静静地像一个婴儿躺在摇篮里，等待那个人工智能替我们了解世界？

"从此，再也不需要我们文明做出什么努力了，我们文明所有的努力都写在一串串的编码里，按照编码，人工智能将会自我进行文明进化、生老病死、战争与和平、欲望和繁衍、探索和征服，而我们，只需要静静地躺在人工智能的怀抱里，就可以看到未来，看到人工智能所看到的，分享人工智能所探索到的，他们对于这个世界了解多少，我们就随之了解多少。

"大家说，这样的摇篮文明，你们喜不喜欢？"斯坦福木易说完这些，又冲着正对面的摄像机摆了摆手，智能化的摄像头捕捉到了这个信息，立刻打开了所有连接外线的音源口。

并没有太多杂乱的提问，反而是一片安静。

每一个在观看新闻发布会的观众，此刻都被斯坦福木易的话震惊到了。

斯坦福木易描绘的那个文明状态，是多么奇妙！

3

"声音没有坏掉吧？怎么一点儿反应都没有啊？"斯坦福木易的表情露出了一丝沮丧，"我还以为，会有很多人跟我大吵大闹呢！"

片刻后，人们才逐渐反应了过来。

"斯坦福木易先生，你是说，从此以后，我们可以像婴儿一样，完全躺在人工智能的怀抱里，什么都不做，甚至连文明的进步，都完全依靠人工智能去完成吗？"

"没错！"斯坦福木易先生笑着点点头，"打个比方吧，我们现在还没有登上其他的文明星球，但是我们终有一天能够登上，只不过不是我们登上，而是我们借助人工智能登上，我们现在呢，什么都不要去做，怎么登上其他文明星球这个问题，留给人工智能自己去解决。"

"我们，坐享其成？这也能称之文明吗？"

"当然，这就是我的计划，摇篮文明，我们将成为一个什么都不做，躺在摇篮里进步的文明。"

"斯坦福木易先生，你的计划很美好，但是，如果人工智能发展迅速，突破我们的控制，对我们进行反噬呢？"

"你问得很好，问到点子上了！"斯坦福木易很肯定地冲着摄像头点了点头，"人工智能是一匹脱缰的野马，失控是最大的问题，不过，我打算从另一个角度解释下我是怎么对付这个棘手问题的。"

"人工智能一旦脱离控制，他们就像另一个文明一样，将会怎么发展，完全是个变数，仅仅靠编码，是不可能解决这个问题的，编码的复制总有出错的时候，日积月累的错误和人工智能日新月异的发展，总有一天，人工智能会脱离控制。但我想从根本上解决这个问题。

"大家想一想，麒和麟是我们星球上常见的两种生物，它们为什么能够相安无事，从来没有过斗争？

"我来替大家回答吧，因为麒和麟他们的需求，它们的体型，它们的生存环境，完完全全都不冲突，甚至，还有着互利共生的关系。

"一旦麒完全脱离了麟生活，很快会因失去食物的供给而死亡。麟呢？麟失去了麒，从此会暴露在天敌鲲的视线下，死亡率会大大提高。

"而它们的食物，也互不冲突，麟的体型远远大过麒，它们吃的食物麒根本不感兴趣，麒以麟排泄物为生，对麟依赖无比。

"文明之所以会产生冲突，无非在于资源的占有、劳动力的占有、生存空间的占有、食物的占有，一旦这4个方面不会产生冲突，我甚至可以说，两个文明可以共存在一个星球上。

"所以，我认为，与其在人工智能的编码上修改它们对我们的友好度，不如在这些基本关系上下文章。我所设定的人工智能，生存环境与我们大相径庭，它们在资源、劳动力、生存空间、食物上，与我们几乎毫无交集，自然，它们也就没有和我们为敌的必要。

"还有问题吗？"斯坦福木易继续微笑着问道，往常声音杂乱纷扰的新闻发布会现场，现在却是鸦雀无声。

4

"我们……什么时候可以开启摇篮文明计划？"一个声音弱弱地打破了寂静。

"很快，十年之内。为了尽量减少对新文明的发展的影响，我们的编码，会让他们对我们——人工智能文明的创始者的印象尽可能淡化，他们也许根本就不记得我们，这样对我们也是最大的保护。"斯坦福木易的声音有些开心，"这样一来，短期内，新文明会处于很低的层次，而我们，可以像观看影片一样，慢慢观察新文明的进化，同时，为了安全，我会尽可能地给他们的编码上一个安全锁，必要时对整个文明进行摧毁，虽然，这个办法我也不知道管不管用，如果文明发展太快的话……"

"太棒了，斯坦福木易先生，您真是我们文明的福星啊！"

"太好了，这意味着我可以什么都不做，未来我的子孙后代们就可以跟我一样，躺着看到文明的进步了。"

"真希望现在就能开始摇篮文明计划。"

新闻发布会上，人们纷纷远程发言，感叹着生物科技的奇妙、人工智能的神秘，还有对未来摇篮计划的向往。

"如果都没什么问题的话，我想，摇篮计划是时候提上日程了！"斯坦福最后的简短总结，赢得了无数来自各个地区电视机前观众们的掌声。

5

摇篮文明计划正式开启后的第一天。

"斯坦福木易先生，我们团队设计了四种人工智能生命体模型，您看下，我们选择哪一个投入生产。"一个助手拿来了4份模型图纸，问着斯坦福木易先生。

"只要利于文明发展就可以，至于模型，无所谓，只是个载体而已。"斯坦福木易耸了耸肩膀。

"也不完全，载体也分好坏。"助手指了指第一种生物体，"这种生物体适合生活在海洋中，要知道我们星球主要是海洋，这种生物体体型巨大，食性单一，呈流线型，每一个可以承载四十七亿的我们。"

"斯坦福木易先生，这是第二种，这种生物体适于生活在陆地上，他们体型略大，食性荤素不一，脑容量巨大，每一个可以承载十五亿的我们。

"这是第三种，这种生物体体积更小，双足行走，脑容量略小，前肢退化，可能对工具的使用更加方便，每一个可以承载约两亿的我们。

"还有第四种，这种生物体……"

"等等，别说了，按顺序来。"斯坦福木易先生打断了助手的话，"没试过怎么知道这些生物体谁进化的速度快？反正我们只是在他们身体内依附寄生，从此过着衣食无忧的生活，先选择第一种吧，如果进化太慢，就换第二种。"

"好的，斯坦福木易先生，那么，我们要不要给这些人工智能生物体，起个名字？"

"第一种，叫海霸吧！第二种，体型小了很多，叫恐龙吧。第三种，哎呀，起名字好麻烦，叫人吧。第四种，不想了，叫木易吧。也许前面三种进化地够快，我们就用不到第四种了呢！"

"好的，斯坦福木易先生，如您所愿，我们会先投放第一种生命体，一旦投放，我们文明里的个体，随时可以进驻到他们身体内，吃穿住行都靠他们供给。"

"没错，他们将自我进行繁殖，进行斗争，探索，如果他们的文明发展过慢，我们就关闭他们身体内的编码。哦，对了，我们的编码起了代号了吗？"

"有代号了,叫基因。斯坦福木易先生,您放心,关闭基因编码的指令很简单,每一个我们文明的个体,都拥有这样的能力。"

"很好,如果'海霸'不适合进化,就全部毁灭,再换第二种,嗯,叫'恐龙'的那个,如果也不适合进化,再毁灭,换那个什么'人'试试,要是还不合适,就换第四种。"

"没问题,我们的星球才只有10亿星龄,预计可以存活100亿年呢,我们有足够的时间,等待他们进化,一旦发现他们进化太慢,不足以在星球毁灭前离开星球,我们就会主动关闭他们的基因,让他们灭绝,并更换下一代人工智能产品,重新发展。"

"好的,哈哈,对了,这些生物的编码里,把我们星球的名字记进去,叫作地球,这个名字别让他们改了。我可不想以后搭乘这些人工智能生命体去别的文明星球的时候,他们说错了我们的星球本名。"

"放心,斯坦福木易先生,写入编码的这些词语是他们天生熟悉的,他们会不自觉地使用这些名字去给周围的事物定性。哦对了,我还记下了我们文明的名字,防止这些人工智能生物体以后发现了我们,却叫错了我们的名字。"

"嗯,名字别输入错了,我们叫病毒。"

"当然,如您所愿,以后他们也会这么称呼我们的,斯坦福木易先生。"

微科普·生命的源头

● 吕默默 / 文

《摇篮文明》讲述了一个病毒文明,通过对自身的改造,制定了自身的计划,寄生在地球生命中,以达到最终的进化目的。有想法、有脑洞,但就目前的科学研究发现,有些病毒连完整的DNA结构都没有,靠的是RNA转录才能生存下来,可谓是毒生艰难啊,一个这样的文明连延续性都无法保证,又怎么保证长久的发展下去呢?

不过,这是一篇小说,一切皆有可能。现实中的病毒是什么样子呢?靠啥活下去呢?

两条路线

现在地球生命究竟是如何诞生的仍然没有一个定论。早在四十多亿年之前,地球就已经诞生了原始生命,但这些小家伙们很脆弱,并且根本不可能留下类似的化石类的证据,证明自己存在过,这也就让科学家挠破了头。

不过我们现在已经知道的是病毒这个大家族,与我们所了解的生命体并不完全相同,病毒是由一个核酸分子(DNA或RNA)与蛋白质构成的非细胞形态,为类生物,无法自行表达出来生命现象，更别说有自我意识和文明了。所以以病毒为主角的科幻小说并不多见。

小说中有一点很准确，病毒必须依靠其他个体才能存活下去，确切的说是繁殖下去。只有进入了被入侵的个体体内，才能在其中复制、繁衍自己的下一代。如果没有被入侵的个体的话，病毒也无法生存下去。

科学界流传着这样一句话，可能诞生生命的时候，病毒就已经存在了，但是病毒与地球原始生命一样，不可能留下化石证据，科学家也就无法确切地了解到病毒的起源、进化历史了。

病毒选择了以寄生于宿主的方式生存下去，繁衍的同时也在遗传变异着，正如我们开头所说，有的病毒靠不完整的DNA复制，有的则靠RNA逆转录，这两种其实都不是最稳定、最有效地把遗传物质传递下去的方式，所以病毒遗传变异得也特别快。这种变异有好的变异，也有坏的变异。对于病毒来说，好的变异可以更容易地感染宿主，获得更多能量以繁衍出来更多的病毒，去感染其他宿主。坏的一方面则是，变异太过了，自己压根就无法感染宿主或者干脆生存不下去，这对宿主是好事，但对于病毒来说，是个灭族的大事。

不管如何，虽然病毒选择了与地球上大多数生命体不同的道路，但也有自己的生存之道。

抵抗病毒的神兵——疫苗

对于被这些病毒入侵的宿主之一的人类来说，病毒变异并不是什么好事情。人类千百年来一直在试图杀灭病毒，不被这些闹

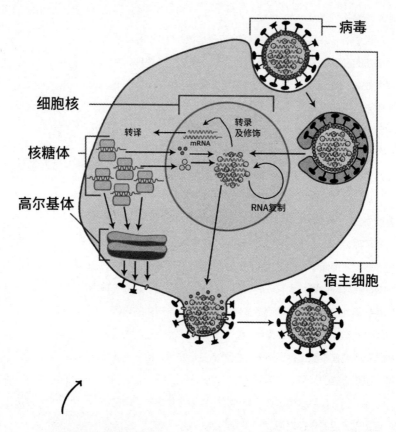

■逆转录病毒,属于RNA病毒中的一类,它们的遗传信息不是储存在脱氧核糖核酸(DNA),而是储存在核糖核酸(RNA)上。它们的复制过程比较复杂:
1. 病毒附着于细胞的表面;
2. 细胞膜降解,病毒的RNA链和酶进入细胞;
3. 在细胞内,合成cDNA(互补脱氧核糖核酸);
4. cDNA合成病毒的双链DNA;
5. 随后病毒的双链DNA会整合到细胞基因组中;
6. 病毒的双链DNA转录,产生病毒RNA和所需要的蛋白质;
7. 病毒RNA和蛋白质结合,形成新的病毒人的家伙侵扰,但一直都没有成功过。这其中有两个主要原因:其一,一直到近两百年来,科学家才弄明白病毒是真实存在的,知道了它们的身体结构以及感染原理;其二,病毒一直不老实待着,时刻都在变异。

即便如此,如今的科学家也一直在想尽一切办法将病毒赶尽杀绝,使用最简单的方法就是疫苗。当病毒入侵到人体内部,会驻扎在细胞上,然后开始利用细胞里的"营养物质"繁殖,之后再去入侵其他细胞,如此循环,人类的身体会逐渐沦陷。如果病毒这时候恰好被我们的防御系统的哨兵发现了,并进行了"观察"和"识别",之后哨兵把收集到的信息上报到防御系统。我们身体内的相关部门,从收集到的信息后,便开始"训练"特种兵(生产特定抗体)。注意,这种特种兵只能与相应的病毒来战斗,来保卫我们的身体。但这样才开始训练特种兵,就有点晚了。

如果人体可以提前预警,提前训练对付各种致命病毒的特种兵,战斗起来不会那么大规模,病毒也就不能在身体里猖狂。疫苗起的就是这样的作用。

养兵千日,用兵一时,这句成语用来形容疫苗最合适不过了。

与抗生素对抗细菌感染不同,人类对于各种病毒几乎没有太好的办法,所以预防成了关键。大多数疫苗的作用是为了激起人体的防御系统,来对付这些病毒。

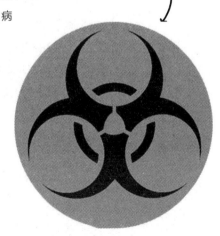

■ 生化危害通用标识,代表着危险

基因编辑是另一个法宝

疫苗的作用更多的时候是防患于未然,但已经感染比较难缠的病毒咋办呢?如今科学家在利用基因编辑、基因魔剪来清除这些家伙。

病毒在人体内要存活下去,就不得不繁衍生息,因为它们的寿命并不长,所以一直都在拼命复制自己,以获得更大的族群规模。如果科学家找到了一种能干扰病毒复制过程的工具,就可以直接阻断它们的繁衍了。上一代病毒死亡后,不会产生下一代病毒,这对于宿主来说就是胜利。

如今科学家已经在使用基因魔剪技术来剪断病毒用来进行自我复制的DNA或者RNA部分,使病毒不能获得整个遗传物质,主要的生物特征不能遗传给下一代,更或者干脆不会产生下一代,这样的话宿主等待的胜利就不再遥远了。

目前来自荷兰乌德勒支大学医学中心的科学家们正在尝试这项新技术,也许在未来的某一天,我们只需要吃几天的药物,就可以阻断病毒的复制和繁衍了。

人类与病毒的大战还在进行着,如果说用人类染色体上的大量不明用途的DNA编码来传递文明信息,是有可能实现的,甚至可能存下地球上所有的图书信息。但想要在病毒的遗传物质上存取一个文明的信息,就太难了。总之,面对病毒这个敌人,我们会永远与之战斗下去,直至对方消失。

微小说·合理谋杀

●过千帆/文

埃兰进入隔离间前,朋友反复叮嘱他保持克制,但一看见那个人,他还是重重一拳击在了钢化玻璃上。

埃兰的指节抽搐着,全身都在颤抖,他承认自己是个脾气火爆的码头工,但此刻的愤怒与个性无关,凡身为人父者,绝没有办法在杀害女儿的凶手面前平平静静。

苏珊是个可爱的女孩,刚刚从学校毕业开始自己的人生,她有过两任男友,目前的马修很让埃兰满意,两个年轻人将会成立幸福的家庭,有一个或几个健康的宝贝。等到埃兰退休,就可以像其他老人一样,聆听孩子的点滴,把他们骄傲地挂在嘴边。

然而,所有的未来都熄灭了,苏珊消逝在一个寒夜里,死于杀人魔之手。

这些天埃兰一直在做噩梦,梦里有女儿血染的面庞,她在求救,她身后是形如野兽的凶汉……而现实之中,玻璃幕对面的那个人完全不同,他身材瘦高,有张林肯般刻画分明的脸,但须髯更少一些,羸弱、安静,这就是凶手给人的第一印象。

"这狗娘养的在伪装,"埃兰的愤怒膨胀着,"不会有错,他们从偌大的城市中找到了他,证据确凿。他们为什么不给他穿上囚衣?不给他戴上手镣脚镣?不让他跪下为罪孽悔过?"

"为什么不直接给他一颗子弹!?"

埃兰一面谩骂，一面锤砸着玻璃，这时候那个男人转过脸来。

"初次见面，埃兰先生。"他平和地说，"我理解骨肉之痛，对你的遭遇非常同情。"

不隔音，双向透明，为什么不直接拆掉它，好让一个老父亲伸张正义？捏碎那个人的咽喉，这不会花太多时间。

"你说'同情'？"埃兰的双掌猛拍在玻璃上，连房间也晃了几晃，"是你这个人渣杀了她！全都是你做的！！你手上沾着她的血！！"

"我不否认。"男人说。

"录下来，给我录下来！！"埃兰冲着天空喊。

"冷静，公民埃兰。"至高之音从扬声器里传出，"事实即将澄清。"

至高之音，他们都这么叫，它是众多睿智大脑的集合，一个完美无瑕的人工生命体。它构成了无处不在的网络，管理着城市的方方面面，它早已取代了陈旧低效的政府系统，成为人类之上的斯芬克斯——公正的化身。

它的威严不容挑衅，埃兰不懂法律，但至少明白这一点，他强咽下了愤懑，等待着仲裁。

"身份确认，公民埃兰，被害人的直系血亲。"至高之音毫无情感的陈述着，"公民阿方索，第一嫌疑人，业已认罪。"

"是我。"阿方索点头，"诚实是公民的第一要准。"

"将对案情进行复述，请忍耐可能的不适。"至高之音继续，"7月15日23:30，案发地点为第二跨海桥下通道近中段，公民阿方索对公民苏珊实施了犯罪。"

声音暂时停顿，阿方索回答了"是"。

"使用了何种凶器？"至高之音问讯。

"开始掐住她的脖子，但没能终止反抗，之后用了匕首。"阿方索表示。

"具体经过？"

"胸前四刀，腹部一刀，她不再动弹。"阿方索简单地说。

埃兰的心在滴血，女儿最后的时刻，一定呼唤着父亲的名字，可他不在身边。

"公民阿方索，这一切是否为蓄意？"至高之音进入下个环节。

"蓄意……"阿方索咀嚼了那个词，随后点了头，"是的，我之前曾尾随过苏珊，记录她的夜跑路线，并挑选了最合适的时机动手。"

"实施犯罪之后，你采取了何种行动？"

"清理现场，转移尸体，碎尸，抛入海中，地点就在季风港，那里有我的仓库，我预先准备了碎肉机。"阿方索清晰地供述道。

有什么燃烧在埃兰的骨髓里，那痛楚快要令他炸裂，苏珊是他的全部，他多想代替她承受一切，然后化作厉鬼向凶手索命。

"这么做有何理由？"至高之音还在继续。

"因为我总是克服不了自己的洁癖。"阿方索轻轻掸了掸西服。

埃兰没有听清接下来很长的对话，他耳畔回荡的，只有这句冰冷言语。

"恶魔……"牙缝里发出声音，声音成为呐喊，"人渣！！掉进地狱吧，永不超生！你谋杀了她，还想要脱罪！"

"我已经自首了。"阿方索显得淡然，"恕我无意重复板上钉钉的事实。"

"公民阿方索，你的行为构成一级谋杀。"至高之音判断。

"嗯。"他答得轻快。

以血还血，那就是谋杀犯的终末，埃兰完全无法理解这个男人何以如此平静，他暗暗发誓，要在死刑室外看着阿方索殒命，瞧瞧他能不能把这表情保持到最后。

"那么，我的公民点数还剩下多少？"阿方索突然这么问。

埃兰的心为之一紧，公民点数？他听说过这个词汇，好像是司法革新中至关重要的一环，他很少和管理局打交道，所有的了解也仅限于此。不管怎样，那个狗屁点数难道成了阿方索的救命稻草？一个毋庸置疑的杀人犯要翻盘不成！

"公民阿方索，系统已经计算完毕，结论如下。"至高之音回答，"你的点数将因为'一级谋杀'而被扣除11 000点，目前结余2 023点，你仍位于'绿区'，属于优秀公民，你的一应权利将继续保留，包括生存权、自由权、选举权……"

这结论给了埃兰当头一棒，他的情绪已经超离了悲伤和愤怒，进入一片木然之境，他以为自己幻听了——什么意思？一个'优秀'的杀人犯？他们要当着他的面放走他？

"公民埃兰，你的知情权已经得到充分满足，现在仲裁结束。"至高之音宣布。

他们要当着他的面放走他！苏珊长眠深海，而阿方索若无其事的离开！

"杀人偿命，这是自古以来的道理！"埃兰大喊。

"非常原始的论点。"至高之音回应了他，"人类在进化，司法亦需更迭，其发展的顶峰便是'点数系统'，我们以此来描述公民的良莠。"

"全是狗屎！狗屎！！"埃兰忍无可忍。

"一如你所展现的，高等碳基生物有着难以调和的冲动与理性。"房间里回荡着圣唱般的共鸣，"良善者因偶然之过而获罪，冥顽者虽劣迹无数而失罚，这是律法之哀。故此，我们赋予每人基础的'公民点数'，善行增之，恶行损之，点滴予以记录，权力的赋予和剥夺，皆以点数为准。"

"补充一下。"阿方索戴好了他的高帽，"只有点数成为负值，公民才会获罪，我们的人生，全都是从'100点'开始的，这非常、非常公平。民事事件的影响力不过数点，大多数人，哪怕不了解它——就像您，也能安稳的过上半生。"

"回来！！"埃兰看出他要离开了，他整个人都撞在了玻璃上，"不能放他走，那杂种作弊了，从100到上万，这不可能！"

"这可能。"阿方索顶回了他的话，"我有着令你心悦诚服的人生，我热衷社区公益，捐建了最早的教堂；我领养了五名孤儿，给他们家的温暖；我的企业将利润全额用作慈善，其中一大部分投入了医疗，帮助病人从死亡之境归还……我公民点数的最大一笔进账来自去年，作为志愿搜救者，从阿尔卑斯山的雪崩中找到了十二名幸存者，没有我，他们都将死于低温。"

"可是你，你杀害了苏珊！"埃兰已经语无伦次。

"我只不过是——"阿方索一笑，"合理的消费了'公民点数'。"

有人为他开门，阿方索略鞠一躬，随后离开了。

优秀公民全是伪装，这个男人用一长段人生作为铺垫，实现了杀人的夙愿，他合法地完成了禁忌之事，这才是最可怕的犯罪者。

埃兰明白，除了自己，不会有人为苏珊主持公正了，他只此一身，哪怕燃尽骨血，也要为女儿复仇。从隔离间出去，绕路到对面，在停车场之前截住阿方索，那就是他最后的计划。

门开了，他被两个高大的警卫拦住，还来不及反抗就被挟持。

"公民埃兰。"至高之音又响了起来，"由于之前的辱蔑，你将被扣除5点，至此，你的公民点数已为-3，将被剥夺自由权，即，入狱。"

"什么！？"埃兰瞪圆了眼。

他是一名码头工，骂骂咧咧、莽莽撞撞是他一贯的生活方式，在他不知道时候，扣分已经积累到了极限，竟然在这样的时刻爆发了。

"苏珊，不！"

他奋力挣扎。

"自业自得。"警卫的电棍贴上了埃兰。

微科普·未来守法指南

●吕默默 / 文

在《合理谋杀》这篇科幻小说中，杀人了可以扣自己的信用点，闯了红灯也要扣，骂人也在扣点范围内。最后导致的结果就是，杀人犯可以逍遥法外，老实人骂个人就可能蹲大牢。这合理吗？未来会发生这样的事情吗？

法律会采用信用点制吗？

首先我们先来看一看什么是法律。法律是一种由规则组成的体系，经由社会组织来施与强制力量，规范个人行为或者其他团体组织。在大多数国家，法律是由一定的部门制定的，国家内的所有人都必须遵守，任何人都不可能逃离法律之外。

法律非常重要的一个特点就是它是平等的，维护的是公平和正义。当然，法律也会有一定的适用范围，也有应用的程度，这个暂且不表。但就目前各国的法律基础来看，法律可以制裁的更多的是这个人拥有的各种权利以及生命，并且杀人在哪种法律中都是重罪，靠破财免灾？别想了，这肯定是不公平的，破坏了法律的基本原则。

在不远的未来，信用点可能会出现，可以当作信用的体现，甚至可以作为消费,但不可能作为承载法律的制裁方式,因为这不公平。

未来法律会保护虚拟财产吗?

在互联网时代没有来临前,我们的虚拟财产少得可怜,甚至很多人不知道虚拟财产这个概念。如今一个数字吉利的QQ号能卖一个不错的价钱,一个数字吉利的手机号甚至能卖出去几十万元,那么我们在一些游戏中的虚拟物品值钱吗?现实生活中,这些虚拟物品,比如某个游戏里的稀有坐骑爆率很低,持有者很少,就有人会以真实货币去购买,这就是典型的虚拟财产。

在虚拟财产这个名词没有流行起来之前,法律压根就没有保护这类财产的条款,但现在如果游戏账号被盗窃了,虚拟财产被卖掉,这种也算是盗窃财物,应该给予一定的刑罚。世界各国已经有了这类关于虚拟财产的法律。

如今,5G时代已经到来,是一个万物互联的时代,更是一个虚拟现实开始进入我们生活的时代。在未来的某一天,或许我们都会像黑客帝国中描绘的那样,只需要脑后的接管就可以进入

■ 4G的人均速率为5Mb~10Mb,5G的速度将提升十倍。下载一个2GB的文件,半分钟即可完成。当5G全面发展后,不只法律需要完善,人们的出行、工作、教育、娱乐都会发生巨大变革

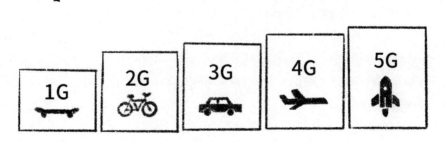

虚拟世界,天天在里边泡着不出来,这样我们大部分的权利和财产都会变成虚拟的,如果这方面的法律不够健全,未来大概会乱套的吧。

在未来,法律保护的东西只会更多,而不会更少,更不会向某些团体偏斜。

未来犯罪预防方式

前文我们说过万物互联的时代即将到来,这就意味着整个互联网可以承载更多的摄像头和可穿戴设备,甚至会给每个人强制植入一定的检测仪器,时时刻刻监控着每个人。如果一个人要做坏事,就会给公安局提前预警,把犯罪杀死在摇篮里。

在未来,触犯了法律会走什么程序呢?

首先,小错直接惩罚。

如果万物互联的背后是一个庞大的超算矩阵来支持的话,完全可以通过街头、个人身上的监控装置,检测到某些人的犯罪行为,然后传回到超算系统,小犯罪直接就可以按照一定的惩罚标准进行惩罚,例如罚款、拘留、刑拘等。

其次,大错靠预防。

如果一个人心怀不轨,这个坏人身边的熟人通过仔细观察是有可能猜测出这人之后要做什么事情的,从而可以提前给某些预警或者报警,来个守株待兔,在犯罪预备的时候就解决掉。其实,有句老话说得非常正确:防患未然。在坏人的坏心眼刚冒出来的时候就应该开始干预了。

在未来,如果有了足够的监控设备和穿戴设备,超算在收集了足够的数据，拿到了合理和精确的性格模型之后，完全可以推测出一个人明天早上即将要做什么事情。杀人也好，放火也罢，都可以提早预见到，这并不是魔法也不是科幻小说，是可以做到的。在科幻电影《少数派报告》里，虽然用的是超能力预测到城市里的某个人是否会做坏事，但如果把其中的超能力者换成性能超高、数据足够多、样本量足够的超算，完全可以预测这个城市每个人之后十分钟即将做的事情。这就跟有些妈妈说的一样：你一抬屁股我就知道你要拉什么屎。虽然话糙了些，但道理是没错，知子莫如母，其实就是建立在母亲在足够了解你，她脑袋里有你足够多的数据，多数时候可以预见到你即将做的事情。

所以，在未来最可能出现的是犯罪预见系统，而不是靠扣个人信用点来作为触犯法律的代价。

脑洞大开的惩罚方式

前边聊了什么是法律，未来法律会管的更多吗，以及未来犯罪的预防，不管讲了法律多少东西，肯定要涉及法律的执行方式。如果一个人犯了罪，应该如何执行呢？在很多国家已经删掉了死刑，更多的是把牢底坐穿。可能在未来法律执行的方式会更多种多样。

宇宙流放

在几百年前，不论是中国古代还是西方法律中，都有一个流放的执行方式——把一些犯罪的犯人，流放到一些贫瘠的土地或者海岛上作为惩罚。那么在未来很可能把比较艰苦的太空作为一个流放地，比如月球或者木卫二这些地方。世界三巨头之一的海因莱茵在其作品《严厉的月亮》中，月球最初就是一个地球犯人的流放地。

电子流放

在一个连拖鞋都要联网的时代，惩罚一个犯人的另一个方式就是让他掉线，与线上的人不在一个世界，这也是一种变换的流放处罚。有人说，这算啥，我可以不上网啊。试想，即使在我们现代，有多少人能做到一整天不看手机，不开微信的呢？所以在未来网络时代掉线绝对算得上一个严厉的惩罚了。

虚拟循环

在一些科幻电影里，主角陷入到了一个不断循环的时间当中，每天都在经历同样的事情，无法跳出来。也许在未来脑接口普及的时代，惩罚一个人会变得非常简单，制造一个简单的无限循环的场景，让触犯法律的人进入这个场景，一次又一次地经历，也是一种相当残酷的惩罚了。

未来带给我们无限可能，你还能想到其他未来方式来维护法律，惩罚犯罪者吗？

微小说·怒

●刘啸 / 文

一

　　这里纯净，这里空灵，这里没有光。我已经在这里成长了一千五百万年。

　　一千五百万年，在这颗行星的历史中不值一提。这个数字，仅仅只是绕那颗明亮的恒星旋转一千五百万次而已。

　　我虽然看不见那颗恒星，可我知道，行星上的一切，皆来自它的恩赐。

　　除了我。

　　我诞生在寒冷和黑暗中。我身下是行星的极深处，来自各方的巨大压力在漫长的岁月里早已达到了平衡，丝毫没让我感到局促。这里有着这颗行星上最纯净、最古老的生命源泉，它和来自地底的热火一起孕育了我。

　　我藏身在寒冷的深处，远离地面的喧嚣。没有谁知道我的存在。我的感觉远远伸向一切可以触及的地方。几百万年中，我感受到过来自冰川山脉的移动，感受到过来自大地深处的震怒，我沉默，我——记录。

　　我看不见，我听不见，我只有空灵而缥缈的感觉。我知道遥远的大陆上正在进行沧海桑田的变化，那颗明亮的恒星正在用它热气腾腾的辐射制造着一代又一代的化学能携带体，空气也在变化，愈发醉人。

在每个行星绕恒星旋转的周期里，有一半时间我都能感觉到恒星那几乎不带热量的可见光微弱地洒在我的冰盖。它虽然对我没有什么影响，但却促生了脆弱而顽强的地衣、苔藓，后来甚至还出现了毛茸茸的可以爬动的动物。我感觉着这群各式各样的基因组合体在上方遥远的地表活动，充满活力，也充满乐趣。

我在冰盖深处怜悯地感知着他们，陪伴着他们。我数着他们身上的每一个细胞，每一段基因。我自己并没有什么目的，我以为我存在的意义就是存在本身。

我能做的只有存在，在存在中沉睡，等待成长、老去，以及死亡——如果有死亡的话。

行星深处不断暗流涌动，像摇篮般催生着我、培育着我。我的感觉更加宽广，我知道在这颗行星的其他地方已经像我身边一样出现了丰富多彩的动物和植物，他们既共生也互相竞争，甚至大打出手。

我冷眼旁观。我并没有化解这一切的欲望。我的力量虽然在不断增长，但我只静静地控制着它们。我并不想和外面的一切接触，我只希望待在我自己的家园里——只要他们不来惹我。

我约束着自己，我继续成长。

时间又过去了五千年。这五千年里，一种直立行走的两足动物逐渐占据了整个行星，我感到了不安。

他们的基因比史上任何一种生物都要特殊。这种复杂的基因组合体大肆挖掘恒星几亿年来在这颗行星上储存下来的能量体，以此为工具踏遍所有的大陆、所有的海洋，足迹甚至波及了我赖以存身的冰盖之上。我静静地感觉着他们在风雪中搭起帐篷、房屋。他们驱使巨大的金属疙瘩压碎浮冰横穿海洋,运来了许多叫不出名字的东西。他们还抓走一批在冰盖上生长的肥肥的多毛生物,这尤其让我生气。

后来,他们架起了高塔般的金属怪兽,用尖锐的獠牙开始侵蚀地层。这种刺痛比恒星热力融化冰盖时还要明显,让我异常震惊。我意识到,这片与外界隔绝了上千万年的家园恐怕要遭受冲击了。

我珍惜地感受着身边的纯净与空灵。头顶上,金属怪兽的尖锐獠牙正在使劲地啃着冰盖。尽管被压实的坚冰硬得像古老的铁陨石,可再坚硬的岩石也经不起水流的磨蚀,更何况侵入的是金属?

唯一让我感到欣慰的是,极度的寒冷大大减慢了怪兽们啃动的进度,磨碎的冰碴在高热中液化。在怪兽们休息时,这些融化的冰碴瞬间重新冻结,牢牢地卡住了怪兽们锋利的牙齿。可两足动物们学会了给怪兽加热,没多久他们又重新开动,继续啃咬。

獠牙离我愈来愈近,宛如蛇的毒牙伸向猎物一般,身后留下啃咬的长长孔洞。孔洞里,两足动物在其中注入了肮脏的液体,像毒液一样向我逼来。我意识到,这种肮脏将彻底污染并毁灭我的家园。

近了。只短短的一瞬,我突然感到了撕裂的痛楚。獠牙伴随着那种不知名的毒液突破了千万年来未曾有谁突破的屏障,肆无忌惮地把冰盖之外的肮脏注入我体内。外界侵入的一切像灼烧的烈火般噬咬着我,让我痛苦万分,我体内的力量被激发,各种封存的古老生命群落开始挣扎着企图冲破约束,寻找宣泄。

我彻底怒了。

二

公元2012年。

南极大陆，沃斯托克考察站。

"再录一次——我们即将穿透4 000米厚的冰盖，抵达一片从未领略过的奇妙世界。"钻井总工对着摄像头小心地措着词，"我们花了十三年时间，耗费无数心血，终于迎来了这一历史性的时刻……"

"别喊了，没观众。"大胡子司钻手在送话器里大喊，寒风也跟着吼动，"地底压力在变大，弟兄们怎么办？"

"放松，放松。录播而已。"总工慢条斯理地通过送话器回答，"压力远低于阈值，地底下那点可怜的气体总要找到释放通道。反倒是那灌注的60吨煤油要留神，冰洞冻不住的话……"

话音未落，井口忽然冒出了凄厉的嘶嘶声，盖过了司钻手的大嗓门。紧接着地底响起一阵低沉的涌动，只听轰的一声，井架钻孔处喷出一股粗粗的水柱，将封瓦与井架冲得七零八落。

"啊，这是上帝的甘泉。"总工兴奋得双手挥动，"快，快录下来向上头报告。"

"都录着呢，头儿。"

井喷并不大，没有造成人员伤亡。钻井队员们很快就忘记了这个小小的插曲，转而沉浸在钻透冰盖的喜悦中。他们忙着收钻，把钻头上采集的岩石与冰块的样本收集起来，以便运回考察站供人研究。他们在憧憬完成任务后与家人的团聚，甚至在考虑去何处度假。毕竟，没有什么工作比在苦寒的南极点熬日子更令人寂寞沮丧的了。

三

极昼的冰冷阳光下，封存了一千五百万年的沃斯托克湖水在南极的冰面上肆意流淌。我顺着打通两个世界的污染通道来到了感受过无数次的冰上世界。此刻，暴怒的我携带的一千五百万年前来自地底深处与世隔绝的神秘生命群落，即将感染这颗行星上的所有生物，吞噬每一个细胞、每一段基因。

微科普·冰盖之下的病毒可怕吗

● 吕默默 / 文

本篇小说讲述的是一个冰封于南极冰盖之下的一个生命体，当人类终于钻透了4 000米的冰盖，获得里边冰封了上千万年之久的沃斯托克湖水，把这个生命体释放了出来，这种远古的细菌或者病毒即将感染全人类。地球上真的有沃斯托克湖吗？远古病毒真的非常危险吗？全球升温后，我们还应该担心哪些事情？咱们来一一分析。

冰下之湖

沃斯托克湖并不是小说作者杜撰出来的南极冰下湖泊，它确实存在于地球之上。早在1960年，当时的苏联地理学家安德里·卡皮查因工作原因，飞越南极腹地沃斯托克地区上空，在飞机上发现冰原上有一个巨大的平坦地区。几经考察后，他认为冰川下有一个湖，但因缺乏决定性证据，这个想法并未受到关注。

时间又过去了30多年，1996年，俄罗斯和英国的科学家联合起来，查阅了许多资料，做了一定勘察之后，发现了这个湖的确存在。冰下湖在其他大陆，在一些冰川附近并不少见，为什么这个湖会成为科幻作家笔下的常客呢？

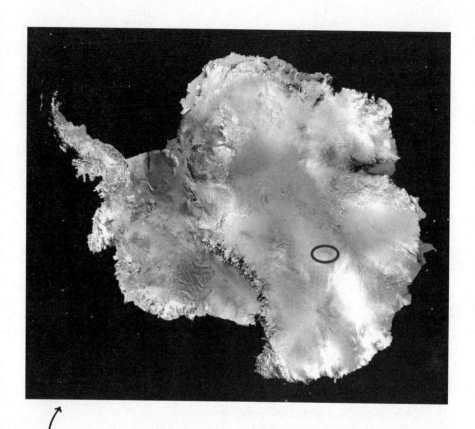

■ 沃斯托克湖在南极洲的位置（图片来自NASA）

首先，它被厚达4 000米的冰盖压着，这里边的湖水很可能在百万年前，甚至在南极大陆漂移到现在的位置时就存在了。换句话说，这个湖里可能存在几十万年前、数百万年前的生命体，这其中就包括远古时代的细菌和病毒。

其次，这个湖始终就没有被挖通过，保持着一份神秘。各国的科学家们其实在发现之初，就已经开始去挖洞，一方面是想证实这个湖是否真实存在，另一方面则想挖进去一探究竟。俄罗斯及美国的研究团队钻入3 623米深，检验挖出来的冰核后发现，冰核最底部约有42万年的年龄。这表示如果沃斯托克湖真实存在的话，其中的湖水至少已经被封存了大约50万年。也正因为如此，科学家们为了避免钻探时将现代的微生物不小心带进沃斯托克湖，在距离湖面120米处停止了钻探，并进行了封口处理。

此外，沃斯托克湖的平均水温为-3℃，但在4 000米冰甲的压力之下湖水仍然是液态的，当然也可能是来自南极大陆地下的热力所致。随后的研究还发现，沃斯托克湖甚至还存在涨落潮，这可能为微生物带来一些运动补充，增加了其中有生命体的可能性。

因为4 000米的冰甲压在身上，湖水中氮气和氧气的含量一直是过饱和状态，是地球上其他湖水含氧量的40倍，这样的湖水中生活着什么样的生物呢？这也是科幻作家着迷的原因。

以上种种条件，使得沃斯托克湖如今的环境特别像太阳系最有可能诞生地外生命的木卫二。如果能在沃斯托克湖中发现有

■ *地球上12种最致命的病毒*（图片来自Arjun radu）

登革热

埃博拉病毒

汉坦病毒

艾滋病病毒

流感病毒

马尔堡病毒

MERS病毒

狂犬病毒

轮状病毒

SARS冠状病毒

COVID-19冠状病毒

天花病毒

生物存活，就会给予木卫二有地外生命强有力的支持，所以在2015年又有科学家蠢蠢欲动准备挖开冰甲了，至于最终是否挖开，只有那些科学家知道了。

远古病毒很可怕？

沃斯托克湖里究竟有没有远古病毒，科学家还不得而知，但冰川里封存着远古病毒、各种微生物早已经不是什么新鲜事儿了。自从各国科学家发现钻冰川从冰芯里取出来的样本中可能带有远古的生命体之后，就非常小心地对待这些家伙，生怕里边有啥病毒出来祸害人间。

例如，2015年9月，中、美、俄、意、秘五国科学家在昆仑山古里雅冰川考察，最初的目的是通过钻取深部冰芯来研究当时的环境和空气，所以科学家钻了很多冰芯回去进行研究。最近几年，陆续有研究成果出来。科学家发现，在严格消毒的实验条件下，从2015年这批距今520～15 000年范围内的冰芯中，发现了很多微生物，包括18种细菌和33种病毒，其中29种病毒是人类之前从未遇见过的种类。这个发现经过新闻报道，很多人开始担心远古病毒来袭，人类要遭遇灭顶之灾的标题满世界飞。但这些病毒真的很可怕吗？

随着全球气温不断升高，南北极冰盖融化也加速了，这可能导致远古细菌和病毒进一步被释放出来。例如，远在北极的格陵兰岛上，科学家从距今14万年里的冰芯中发现了番茄-烟草花叶病毒的遗传物质。咱们上文说的沃斯托克湖上的冰甲取出来的冰芯中，后来也发现了众多微生物和病毒。这难道不可怕吗？不！并不是那么可怕。

其实呢，病毒可能是世界上数量和种类最多的生物。科学家估算自然界中的病毒种类超过百万种。尤其是在海洋中，可能超过存在约20万种病毒，它们绝大多数被海洋中的细菌和真菌吃掉了。

截至2018年，有关组织发布的第九版《病毒分类》中，人类仅仅识别出来5 500余种病毒，在对其中超过2 000多种进行基因测序之后，科学家发现只有200种可能会感染人类。退一步说，百万年之前人类的祖先是否能直立行走都是个未知数，一直进化到今天的人类基因组已经改变了许多，那些远古病毒想感染人类并不是一件简单的事情。

人类更应该担心的是什么？

全球气温一直在升高，有些科学家已经发出了警告，并不是担心远古病毒会干掉人类，而是冰川融化带来的另一些变化。

全球升温给气候可能会带来一些变化，导致更多的洪水和干旱出现，例如2019年澳大利亚的大火，近几年南方的大雨，巴西热带雨林区气候的变化。这些都可能会造成更多的生物灭绝，蚊虫过度滋生，让传染病更加猖獗。

除了气候的变化，我们还应该关注另一个问题，北极附近的永冻土逐渐融化，释放出来过量的甲烷会使气温进一步上升。在北极，那些湿地和湖泊是天然的有机碳容纳池。简单来说这些地方的永冻土层中封存了大量碳，当气温逐渐升高之后，就会以甲烷的形式缓慢释放出来，这种情况一直都在缓慢进行。地球的自我调节能力可以控制这些甲烷，保持其在空气中的比例基本不变。但如果这个过程被加快，就会变得比较棘手了，因为甲烷也

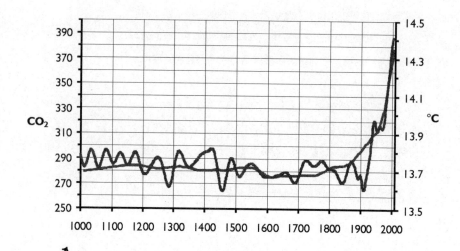

■ 过去1000年中的大气二氧化碳浓度和全球平均温度。二氧化碳水平（较平滑曲线，左手轴）以百万分之一体积为单位，温度（较弯曲曲线，右手轴）以摄氏度为单位（图片来自Hanno）

是温室气体之一，而且它的温室效果是二氧化碳分子的25倍。这将是一个恶性循环。

试想在未来世界，赤道地区热得不再适宜居住，海平面上升60米，全球再无天然冰川，会是什么样的情景呢？你喜欢这样的世界吗？

微小说·红苹果检查员

● 何妨 / 文

红苹果检查员的历史很短。

果子最初总是鲜美的。他们的起源可以追溯到三十年前,那些在星球港口自愿服务的义工。他们戴着可笑的、红彤彤的圆帽子,在舰船接驳口和入境大厅内走来走去,穿行在焦虑的新移民和行色匆匆的旅客间。"红苹果"们总是挂着经过培训的可亲笑容,用眼睛分辨可疑的人,礼貌地要求他们出示个人档案接口,然后拿起胸前挂的读取器,嵌入、辨别他们,检查其中的犯罪记录和可疑信息,并进行必要的询问。

总的来说,他们挺讨人喜欢。

再后来,我们的星球越来越繁荣,新移民像陨石群一样气势汹汹迎面而来,他们中的一些来自偏远星球,档案无法识别,刻意欺瞒与篡改记录也频频发生,"红苹果"们已然力不从心。不幸的是,又接连出了些岔子,据说源于"义务检查员无可避免的主观判断偏差和意外疏漏"。官方很快想出了法子,并付诸行动,也许他们早就开始操心这事儿了——一批崭新闪亮的机器检查员代替了笑容可掬的义工们。

显然,为了照顾大家的习惯,这些简单的小家伙拥有红苹果义工们的全部显著特征——两个轮子上竖着一根长杆,顶端是一盏圆滚滚的红色信号灯,比那些红帽子更像苹果些。入境口建起了传送带，所有人都不必跑来跑去，只要站在传送上，等它一点点稳健地前进，最终将你送到尽头的红苹果机器检查员面前。它的"胸前"有一个小接口，在你插入档案的一秒钟后就能告诉你答案："欢迎！我的朋友！"或沉默地亮起红灯。

一旦红灯亮起，旅客应该主动沿着检查通道走进隔离室，接受进一步询问与检查。配有机械臂与武器的安保机器人将保证旅客照做。

变故出现在红苹果检查员革新的两年后。严重的动荡和物资短缺造成了星球的混乱，短暂的混乱平息后，新的检查条款被添加进红苹果机器的心脏中。破坏秩序、非法武装、煽动暴动、违背本星球价值观等被添加其中。当然，这些内容无法在档案里标示，它们像邪恶的影子，藏在犯罪者的脑沟回中。为了揪出它们，红苹果检查员再一次进行了飞跃式革新。

新一代的红苹果检查员全然颠覆了以往的观感，它们变成了一粒粒闪闪发光的晶粒，所有公民、新移民和新生儿都将自愿植入脑部，作为特殊时期的"必要安全措施"，以此确保生活的永久和平。这粒无害的晶粒，旨在探测"一些危险的想法"并立刻做出警示——一旦发现危险，一颗红色光球，会凭空悬浮在犯罪嫌疑人头顶，并发出刺耳的声波，以此警示周围的人"此人危险，请尽快远离"。这些灯球来自公共场所统一安装的红苹果系统的投射，新的建筑标准规定，所有公共场所与建筑物内的每一寸都要覆盖红苹果系统，以响应晶粒们的侦测。

有时候，我们管不住自己的想法，特别是，呃，有些恶劣的那种。新的"红苹果"贴心地考虑了这点，只要您在三秒内及时改变念头，在红灯熄灭后，什么也不会发生，您的档案依然会一尘不染。当然，如果坚持那些邪恶的念头，二十秒内，电子警察就会采取强制措施。

　　这次颠覆式的"红苹果进化"显然取得了无与伦比的成功，我们在新闻中可以看到，大量各式各样的突发犯罪被及时警示和阻止，星球进入了空前安全的新时代。

　　即使如此，星球管理者依然孜孜不倦，为了未来每一天的安全马不停蹄。红苹果系统的检查列表不断被添加新的项目，只是新的检查内容不再进行公示（当然是为了防止犯罪者知晓）。大家逐渐习以为常的是，人群里，闪烁的红灯越来越常见。

　　没有一帆风顺的航程，小意外还是发生了。大约其中的某个新条款出了些问题，在前日清晨的全息直播中，一位深受我们喜爱的星球管理者，正在声情并茂地讲解新一代红苹果的人道、科学与精密。突然，灯球出现了，红光映照着他微秃的头顶。尖锐的警报声沿着信号传送遍整个星球。好在仅仅两秒钟后，警示光球与声波就消失了——也许，刚刚那个可怜人只是跑了个神。直播暂时中断，切入了愚蠢的广告，一个满脸陶醉的蓝人在舔他的麦片碗。

　　为了防止类似失误再次发生，星球更新了更加稳妥的红苹果规则：某些重要与敏感建筑内，在某些特殊时段，红苹果系统将会关闭，以免造成不必要的恐慌与误解。

　　又是平静的一天，我走在大街上，大气中飘落浅灰色的雨滴。我很安全，小小的红苹果检查员藏在我的脑部，确保我的生活与生命。行人拥挤着，头顶的红灯闪闪烁烁，从高处看，街道像一条淡红色的模糊流淌的河。

　　走过路口时，警示声突然响起。

　　是一个年轻人，他的头顶亮起了灯球。他停了下来，有些茫然，随后塌下了眉毛，变得面无表情。拥挤的人群从他身边迟缓地流过,他没有动。

红灯亮起超过五秒了,某些念头还没有被他抛弃。

十四秒后,三个飞转的电子警察挤入人群,包围了他。

突然,周围的人都亮起了红灯。

微科普·脑中宇宙

● 吕默默 / 文

《红苹果检查员》中,为了维护星球繁荣稳定,官方将"红苹果检查员"晶粒植入了星球上每一个公民的大脑中。这种在人脑中植入芯片的做法在未来会变成现实吗?不仅如此,大脑中被植入芯片之后,对于脑机接口技术来说,也变得容易起来,那时你愿意沉浸在虚拟世界吗?

在大脑中的芯片

在大脑中植入的芯片,势必要与大脑中的神经系统和神经细胞有所连接,才能更好地发挥作用。早在100多年前,神经科学之父卡哈尔,在神经染色法上取得了突破,创造出还原硝酸银染色法,从而观察到神经的细微结构。从此,神经学迈进了新的世界,开始以细胞形态来划分神经元的种类。例如。大脑新皮质的神经元依据其形态可分为锥体细胞、颗粒细胞和梭形细胞三大类。随后经过后续研究人员的不断努力和辛勤研究,结合细胞的形态学、生物化学、生理学等特征,不断发现和命名了许多种神经元。

现代科学较100多年前有了长足的进步,科学家发现人脑主要由两类细胞组成:神经细胞和神经胶质细胞。其中神经细胞,又称神经元,是脑神经组织的结构和功能单位。神经元由胞体和突起构成,胞体是其代谢中心。突起从胞体伸出,分为树突和轴突。神经元通常具有多个树突,主要用来接收传入的信息,将神经冲动传向胞体;而轴突只有一条,主要功能是将神经冲动传至其他神经元或效应器。

目前已经发现成人大脑新皮质中大约有200亿个神经元,而整个大脑中估计有1 000亿个神经元,另外有10～50倍于神经元数目的神经胶质细胞。

列了这么多数据,只是想告诉大家一个非常令人沮丧的事情:目前人类的所有的计算机构造都无法跟人脑的精密度相提并论,当然计算能力除外。

科学家对大脑的了解未必有对月球的了解更深入,这是因为大部分时间,我们无法搞清楚人类的意识在哪里,也无法弄明白人脑精准计算和思考到底由哪些部分协作完成。现在虽然芯片技术有了突飞猛进的发展,但依然无法与大脑形成非常有效的链接,更无法畅通无阻地沟通。

虽然早在2014年,巴西世界杯开赛仪式上,一位瘫痪的男子安装了与神经系统相链接的装置,控制机械战甲开球,说明人类已经可以用意识控制机械了。但这其实只是一些简单的神经链接,收集一些电讯号,经过放大、分辨、接收,最后让机甲开始执行。机甲并没有完全听懂大脑的意思,大部分的时间是在执行早已经安装在电子系统的命令,这一过程并不复杂。

目前所有的脑机接口,并没有直接接入电脑。别说直接读取我们的思想,就连从大脑里输出点东西出来,都非常困难。目前这类技术更多的还停留在实验阶段,而且还是在猴子身上进行的实验。

你愿意虚拟沉浸吗?

倘若有一天,脑机接口有了重大的突破,不仅可以将大脑中的信息输出,还能直接输入信息,也就是电子系统与我们的大脑可以直接交流,在一些电影中的场景,基本就可以实现了,就像著名的科幻电影《黑客帝国》那样。

如果在未来的某一天,开始全民普及脑机接口,你会选择接入并完全进入虚拟世界吗?在虚拟世界中上学、工作,游览各种名胜古迹,甚至在模拟的宇宙中,随意穿越大范围的空间,去往其他星系游玩。这种诱惑是巨大的,相信有不少人会选择在虚拟世界中度过大部分醒着的时间。

现在问题来了,如果未来虚拟世界进入千家万户,大家都躺

■虽然还不成熟,但现代技术已经能够做到读取脑电波(图片来自IAEA Imagebank)

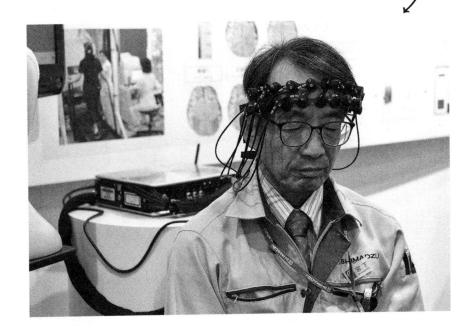

在床上，没人出门，没人工作，谁来保护你的身体，谁来保证营养均衡呢？

所以，在未来，想要实现脑机接口下的虚拟世界，必须满足几个条件。

一、机器人的高度智能化

如果人类不工作，不去创造价值，不去生产加工食品，就得有机器人去做这些事情，这就要求机器人高度的自动化和智能化。但目前看来，我们距离这一步还有相当长的路要走。现在大多数工厂仍然需要大量的工人，例如每年为苹果公司生产iPhone的富士康公司，大生产之前都需要招大量的工人，甚至以数十万计。由此可见，我们的机器人应用水平和自动化水平有多么差。

假使未来十年脑机接口就可以实现，有多少人会安心地躺在自家床上，把重要的粮食生产工作、发电工作交给现在的机器人呢？我不会。

二、能源必须有突破

目前世界上大多数国家电能来源几乎都是火力发电厂、水力发电厂和一部分核电厂等，这些虽然已经实现了一定的自动化，但无论是核电厂还是水电厂，都仍需要大量的工人去调试，去检修。

一旦脑机接口实现，势必会建造更多的虚拟世界服务器，需要更多的能源，甚至要超过现在的数倍。这些能源来自哪里呢？

在很多电影里，一旦进入虚拟世界中，人类一晃就是几十年过去，目前全球化石能源可能在2050年用尽，如果没有替代的能源，那些虚拟世界的服务器靠什么发电呢？

当我们拥有脑机接口，完全进入虚拟世界时，肯定要对能源和粮食做好安排，否则，只怕会被饿死。

三、预设大量程序员解决漏洞

在许多电影中，人工智能觉醒后，开始猎杀人类，其中最著名的莫过于《终结者》系列，为此阿西莫夫早就设计好了机器人三定律。但这就足够了吗？越庞大的系统，无论是我们现在使用的操作系统还是未来的虚拟世界系统，也就越容易出漏洞。出了严重的系统故障，造成大面积的脑机接口掉线还是小事情，如果系统发生电涌则直接会破坏大量的人脑系统。

虽然就目前的人工智能系统来说，根本不可能觉醒或者叛变，但解决系统故障、封堵漏洞的确需要大量的程序员留守值班。你愿意去做这些程序员吗？

以上只是我们举的一些简单的例子，事实上无论是大脑中的芯片问题，还是脑机接口，甚至更遥远一些的虚拟世界，都需要人类进行大量的准备才有可能实现，而不仅仅是一项或者几项技术的突破就可以。

微小说·充电

● 吕默默 / 文

1

"是,明白,保证明天8点之前把计划书交上去。"

李长河接完总经理的电话,叹了口气。摆在他面前的有两个难题,一个是计划书至少还有三分之一没有完成;另一个问题是手机电量即将耗尽。

在以前,手机没电并不是大问题,插上充电器即可。若是在室外没有条件,准备一个充电宝也可以解决问题。或者干脆准备个备用机,以备不时之需。但是自从2019年划时代的橘子手机问世之后,这些又都成了问题。与很多收入一般的年轻人一样,当时的李长河比较理性,持观望态度,但在老友总结了橘子手机的优缺点之后还是咬牙换了这款价格昂贵的手机。其实橘子手机的配置和其他功能已经强大到可以做便携式电脑的地步,最吸引人的是电池的超级容量,充一次电可以连续使用720天左右。

当一个人的欲望疯长的时候,外力一个轻触,就可以改变其决定,变得毫无顾忌。一心想换手机的李长河,根本没有听进去橘子手机的致命缺点,不然,也就不会有今天的不幸遭遇。

挂了电话,李长河扒了三两口火车上的盒饭,赶忙掏出折叠蓝牙键盘,连上仅剩百分之一电量的橘子手机,准备继续写计划书。谁知手机忽然黑屏，电量耗尽自动关机。自从买来手机就没充一次电的李长河懵了。

当他翻出来还没拆塑料膜的充电器，四处寻找插座的时候，才意识到自己跟不上时代了。两年前橘子手机问世之后，严重挤压了市场，倒逼其他厂商更新换代，引起了移动时代的一系列变革，无线充电技术得到了长足进步，短短一年几乎所有手机都支持无线充电技术，在一些公共场合已提供无线充电，几乎淘汰了传统的插座，火车车厢中也不例外。生产于两年前的第一代橘子手机不支持无线，已经成了"落后机型"。

对面身着冲锋衣的中年汉子看着急得原地转圈的李长河，贡献出来了满是划痕的两万毫安充电宝，让他救急。李长河感激得眼泪都快流出来了，急忙接过来插在手机上。约莫充了半小时，想着应该可以开机了，但是按了半天电源键，手机的屏幕依然漆黑如墨，没有一点亮的迹象。李长河这才想起橘子手机并不兼容市场上的充电宝，因为需要较高的电压。

刚抓到半根救命稻草的李长河，此刻又掉进了冰窟窿里。冲锋衣大哥还拿出了自己老旧的笔记本电脑，但是李长河的计划书都存在手机里，关机了拿不出来，只能等到下车到酒店之后才能充电开机了。

2

火车到站已是凌晨时分，等出租车的队伍排了很长，李长河坐上车已经后半夜。"还有时间，熬个通宵，四个小时就可以写完。"李长河在心里盘算着。

拖着疲惫的身子，李长河终于倒在不太舒服的床上，随机又弹了起来，连忙找出手机充电。看着充电器的指示灯一闪一亮，他总算可以安心一些了。

消除疲惫的最好办法，无疑是饱饱地睡一觉，但冲个澡也能让劳累淡一些。裹着浴巾，泡上速溶咖啡，坐在桌前，李长河长按手机的开机电源键，良久，手机依然没有动静，他急了。

李长河用酒店里的固定电话打通橘子手机的售后电话，一通狂吼之后，客服平静地回答了他的问题，第一代橘子手机充电电源需要380V电压的线路。李长河依稀记得，当初来送手机上门的小伙子，在他收货签字之后，从单元楼里重新拉来一根电线，引到玄关的鞋柜上，并请他使用这个插座来充电。整整两年，李长河从来没给手机充过电，早把这事给忘了。客服人员在询问了现状之后表示，他所在的县城使用第一代橘子手机的用户过少，并没有在一些公共场合改造合适的插座，但他可以找个380V的电源试一试。此时的李长河内心是崩溃的，电池强大惹谁了，现在已经变成了累赘，给手机充个电这么难吗！

李长河揪着湿漉漉的头发，绞尽脑汁，终于靠着脑中残存不多的物理知识，联想到一般商业用电都有380V的接口，酒店应该有这种插座。李长河将衣服胡乱套在身上，狂奔到酒店前台，气喘吁吁地说明来意。无奈前台两个侍者都不懂电路，又去值班室叫醒了酒店的电工。此时已经是凌晨四点，留给李长河的时间不多了。

从睡梦中被叫起来，电工老王一脸不情愿地听完李长河的想法，没有说话，只是示意他跟上自己。

李长河从没有在半夜进过酒店的厨房。推开包着金属的大门，一股海鲜的腥臭味迎面扑来，死命地往鼻眼里钻，引来他一阵干呕，但为了计划书，生生忍了回去。老王回头嫌弃地看了看他,依然没有说话,带着他走到一台大烤箱面前。

"这玩意儿,用的就是380V的电源,但插座在后边,你得帮把手,把烤箱搬开。"老王终于开口了,嘶哑的声音在半夜阴森的厨房里飘荡着。

"您说怎么办就怎么办。"李长河眼前只有这一条路,只能硬着头皮上了。

烤箱上沾满油污,摸在上面非常湿黏,在阴暗的厨房里,更像是某种恶心的怪物黏液。李长河和电工老王一人抱着烤箱的一边,脸贴在黏黏的烤箱壁上,费了九牛二虎之力,才将烤箱挪动了十多厘米,勉强可以伸进胳膊将充电器插进去。

3

手机屏幕终于点亮了,一个正在充电的电池动画跃然屏幕之上,按照常理大概十分钟之后就可以开机了。

李长河挤出一丝苦涩的笑容,长舒了一口气,从口袋里掏出50块钱递给老王以示感谢,然后回房间准备换一身衣服,把蓝牙键盘拿来,继续写计划书。

半小时后,李长河回到厨房,发现手机依然不能开机。

客服再一次详细询问了情况之后,向他科普了石墨烯锂离子复合材料电池的各种优点。李长河耐着性子听了十分钟,终于爆发了:"这么高科技的手机电池,怎么充了快一小时了还不能开机!"

"您的手机是不是在电池完全耗尽之后,自动关机的?"

"是。"

"李先生,在手机的说明书上,我们有注明,因为使用特殊的电池工艺,电池在完全耗尽电量之后,出于保护电池的目的,需要连续充电5小时后才可以开机,这之后仍然要连续充电24小时才不会造成电池损坏。"

李长河翻开放在一旁的说明书,在注意事项里电池保养的页面中的确写着这么一条。甚至在最后还写着一行更小的字:耗尽有危险,充电请趁早。

经历了这个不幸之夜,他开始怀念自己的旧手机了。

微科普·电的搬运工

● 吕默默 / 文

这篇小说讲述了未来手机中的长续航电池的应用，但同样也遇到了一个问题，充电时间也会被拉长，当遇到紧急状况时，小说中本来给人们带来便利的电池就变成了一个严重的问题。同时，小说还应用了物理上的另一个原理——物质的等价交换，没有凭空变出来的物质，就跟手机电池必须先被充电才有电被消耗一样，这个原理同样也适用于生活中。

小说中的超续航电池在未来可能实现吗？是石墨烯电池？还是核电池？咱们一一分析。

石墨烯电池靠谱吗？

介绍石墨烯电池得先弄明白这是个什么样的东西。首先，石墨烯跟碳有关。提起碳第一印象就是黑漆漆、硬邦邦的块状家伙。碳，非金属元素，化学式为单独一个C。这个不起眼的"黑家伙"的家族可以分为两类：一种是碳的化合物，一种是碳单质，其中包含有杂质成分的焦炭、木炭等，纯净的碳单质有金刚石、

■ 此为20世纪上半叶的蓄电池。随着几十年的发展，电池已经成了我们生活中不可缺少的一部分。形式也变得多样（Joe Mabel摄）

富勒烯和石墨。

石墨烯来自石墨，确切地说石墨烯是从石墨中剥离出来的，是只有一层原子厚度的二维晶体，非常轻薄，约0.3纳米，是一张A4纸厚度的十万分之一，头发丝的五十万分之一。其实我们在自己家中就可以制作石墨烯，找一块石墨，拿起透明胶布，往石墨上粘贴，次数多了总会粘起来只有一层碳原子的晶体，就这么简单。

如此容易得到的石墨烯却有着不同凡响的能力。它能导电，电子在石墨烯中的运动速度达1 000千米/秒，是光速的1/300。轻薄、强韧、导电、导热……石墨烯这些特性赋予人们很多想象空间。当然，我们用透明胶布粘起来的石墨烯并不能实际应用，因为把它们从胶布上再弄下来似乎更难。可以供研究使用的石墨烯最初是由英国人安德烈海姆和康斯坦丁·诺沃肖洛夫从纯净的石墨当中剥离出来，他们因此获得了2010年的诺贝尔奖。

石墨烯另一个可能会大展神通的领域是电能的存储。能量密度是指在一定空间或质量的物质中储存能量的大小，能量密度越高，就表示这种物质的储能能力越强。在天津电源研究所中，科研人员正在研究石墨烯电容器。通过对石墨烯材料进一步改性研究而制造的改性石墨烯电容器，可以几分钟充满，能量密度有望在一段时间之后，接近现有锂电池的能量密度。当然这仅仅是理论值，单纯用石墨烯做电池的话，也许并没有现在手里的锂电池好用。

那么，广告里的石墨烯电池是怎么回事儿？这些广告里提到的石墨烯电池主要是石墨烯改性电池，通俗讲就是用石墨烯材料来改进锂电池的性能。如我们前文所说，石墨烯最重要的特性在于其超凡的导电性，这体现在实际应用中就是"充电快"。其实如今的手机里已经有石墨烯这种材料，但并不是作为电极。只有用石墨烯作为电极的电池才会被称为石墨烯电池。当然石墨烯其他各种强大的特性，也有可能给我们的生活带来惊喜。例如，含石墨烯的手机屏幕可以轻易弯曲、折叠，汽车可以使用石墨烯制作导静电轮胎，避免摩擦起电发生爆燃。石墨烯在航空航天以及节能环保等很多领域都有着非凡的潜力。

未来有没有核能电池

很多科普书上都写过核能的强大之处：一个火力发电厂每年要消耗几百列火车的煤炭，单论燃料体积，核电厂要省事很多。以一百万千瓦的电站每年所需燃料来做比较，传统的热电厂需要大约200万吨优质煤，需要33 000个火车皮来运输；燃油电厂则需要130万吨燃油，约为1 000万桶；核裂变电厂需要约30吨核原料，几辆卡车就可以运输；而核聚变电厂仅仅需要燃料氘0.6吨，一辆小皮卡的运力足以供应。

说起核电站，这家伙已经有超过半个世纪的历史了。早在1948年，世界上第一个发电核反应堆——美国田纳西州橡树岭的X-10石墨反应堆就已经建成了。这也是第一个为灯泡供电的核电站。又过了几年，在1954年6月27日，苏联的奥布宁斯克开始运营世界上第一个商业发电的核电站——奥布宁斯克核电站。

这么多年过去了，核能技术应该有了长足的发展吧？没错，核电站技术对比之前爷爷辈的技术已经有了长足的进步，更小、更安全和更高效，但同样老土。因为无论是已经发展到第几代的核反应堆，使用的都是核能到热能、蒸汽再推动轮机开始发电的

■ 位于德国的菲利普斯堡核电站（Lothar Neumann, Gernsbach 摄）

原理。并没有让核能或者放射能直接转变成电能，这一过程中不仅仅有能量损耗，发电过程也变得复杂，更不容易控制。回到我们之前的问题，为什么说核能是一种老土的发电方式呢？因为核电站除了保护燃料安全、燃料释放能量以及燃料供给不同之外，其他基本是复制了火力发电站那一套，并没有太大的技术难度。

搞明白了现代核电站的发电原理，我们还能指望用这种原理制造出核能手机电池吗？要把核电站缩小到一台手机上，简直是天方夜谭。那么核聚变呢？这被科学家称为未来能源的技术，我们的手机能用上吗？

手机用上核聚变电厂发出来的电能还是有希望的，但要直接在手机上装一个核聚变发电装置，对现在以及近几十年的科技水平来说，又是一个天方夜谭了。实现磁性约束核聚变的科学实验仪器中，最著名的是"托卡马克"装置，大部分国家目前研究使用的就是这个装置。虽然从原理上来说这一装置还算靠谱、安全，但也有致命缺点。托卡马克装置需要庞大的配套设备，例如加热设备，发电设备，加上本身体积庞大，使得投入变得十分惊人，每个装置的成本都异常高昂。

以现在的技术来说，别说制作出钢铁侠胸口的方舟反应堆，就连实现持续、可控的核聚变反应都难如登天。

《充电》这篇小说其实讲述的并不只是石墨烯锂电池的故事，还讲了一个人生中常遇到的一个处事原则——等价交换。不付出努力是不会得到回报的，当然没有时常充电的手机也不会有足量的电量供人消耗。

微小说·国家赔偿

●刘洋/文

现在请A方律师对国家赔偿的求偿要求做最后陈述。

A：法官大人，各位陪审团的先生们，我代表我方受害者做最后的发言。现在既然真相已经查明，我方受害者在十年前的那次判决是一次纯粹的错误，那么这十年牢狱之灾对他意味着什么呢？请大家时刻要牢记这一点：我方受害者在十年前，已经是一家成功的私营企业的老总，年收益在十亿以上——这一点，可以通过当时的财务报表来查证。当时公司正在发展的上升期，年收益的增长率都在两位数以上。而事实上，我方的公司在那场冤狱后，很快就宣布破产。所以，在国家赔偿的数值上，对于我方而言，即使不考虑公司收益增长的情况，仅仅按照十年前每年十亿的收益来看，这十年的损失也将高达百亿。而且，对于我的当事人而言，事业是最重要的，这场无妄之灾，完全毁灭了他前半生所辛苦经营的事业。所以，综合收入损失和精神赔偿两个方面，我方提出的最终求偿数值为142.7亿，在我们提交的附件上有具体的计算细节，希望法官和陪审团们仔细审议。谢谢。

下面请B方律师做最后陈述。

B：刚才听了A方律师的说法，我并不同意其求偿依据。大家知道，我方的当事人当时是A方当事人的私人司机，当时也卷进了这场官司,同样被错误关押了十年。如果按照收入来求偿的话,我方的赔偿数值可能还不及A方的万分之一。那么诸位想想,同样是人,同样的被关押十年,赔偿数值却相差如此之大,这难道合理吗?人的生命难道有贵贱之分吗?

所以,我方的要求是,国家应该就其对我方当事人造成的损害恢复原状。

也就是说,通过"双流高科"公司的时间机器,让我方当事人回到十年前,从而重获这损失的十年光阴,并进行适当的精神损失费的补偿。根据当前的市场价格,返回十年前所需的资金为十亿元。另外,根据精神抚慰金不超过生命赔偿金的35%这一原则,我方申请的精神抚慰金为3.5亿元。所以,我方最后的求偿数值为13.5亿元。

现在暂时休庭,法官和陪审团进行合议,稍后将公布最后的赔偿结果。

三十分钟后。

现在宣布法庭决议和赔偿数值。根据A方和B方提出的国家赔偿申请,现经过调查,确认其确属国家赔偿的求偿范围,认同其求偿的合理性。

针对求偿数额,我们认为:根据生命平等的原则,不能仅仅以某个人的收入作为赔偿标准,而应该以当前社会的人均收入作为赔偿的计算标准。根据去年的国民人均收入,民众的人均年收入为8.3万元,据此我们审定的最终赔偿数值为90万元,其中包括7万元的精神抚慰金。

A:我方认为,每个人个体价值的差异,应该得到尊重。对于此项判决,我方无法认同,我们将随即提起上诉。

B：我们也将提起上诉。

一个月后。

现在宣布终审裁定：

根据A方提出的，要尊重个人生命特殊性的要求，我们进行了慎重的考虑，并参照了过去几年国家对于生命赔偿的有关判例，对赔偿数额进行了适当的修改。

在过去几年，对于错误执行了死刑的几个案例，国家赔偿的数额均在三百万左右。根据这个标准，我们认为，既然完全失去了整个生命的赔偿价值为三百万，那么失去了部分生命的赔偿标准，就应当视其占整个生命的比重而定。对一般人而言，十年大致占整个生命长度的八分之一，所以我们判定的最终赔偿标准是40万元——其中已包括精神抚慰金。

现在说明A方的特殊情况。考虑到其拥有的财力和社会地位，很可能在老年的时候通过时间机器，重新恢复青春。也就是说，其实际生命的长度远大于普通民众。如果他在一生中，使用一次时间机器，那么其生命长度将延长为普通人的两倍，那么十年在其总的生命长度中所占比例就减小为十六分之一。根据过去上层社会人士对时间机器的使用量统计来看，每个人都绝不仅仅使用一次。事实上，世界上最早使用时间机器的那一批人，现在也还活跃在社会上，而几十年后，他们变老了之后，也几乎肯定会再次使用机器恢复青春。从一般的常理和现在社会的现状来看，他们的生命几乎是无限长的。

综上所述，最终赔偿的数值如下：

B方获得的赔偿数值为40万元，A方获得的赔偿为0元。这是最终判定，不得上诉。现在休庭。

微科普·我们能穿越时空吗

● 吕默默 / 文

本篇小说中故事发生在西方世界，以法庭陈述的方式展开，抛开法律上的探讨，双方的争论主要放在了时间旅行带来的价值改变，最终法庭裁定，既然受害人有能力进行无数次时间旅行，那么一寸光阴一寸金也就不成立。受害人到手的赔偿就这样飞了。现实中我们并不能进行时间旅行，但爱因斯坦的相对论和哥本哈根学派的量子论已经发展了这么久，难道就没有一点可能吗？

理论上的时间旅行

决定着人类是否能进行时间旅行的理论在1905年被发表，作者是迄今为止最伟大的科学家——爱因斯坦。1905年，爱因斯坦在《物理年鉴》发表了四篇划时代的论文。从来没有人能在这么短暂的时间内对现代物理做出这么多重大贡献。这一年因此被称为"爱因斯坦奇迹年"。这四篇论文中，其中一篇涉及狭义相对论，论述了改变旧有的时间与空间的观念，化解麦克斯韦方程组与经典力学定律之间的矛盾，说明以太的概念是多余无用的。

在随后的岁月里,爱因斯坦拿了诺贝尔物理学奖,把广义相对论也发表了,至此,人类期盼的时间旅行终于有了理论支撑。只不过这个时间旅行是单向的。

在爱因斯坦的相对论体系中,我们想要控制时间的快与慢,只需要跑得更快、更快和更快。物体运动速度越快,时间就会过得越慢。举个例子,有对双胞胎少年,哥哥登上了一艘接近光速的飞船,弟弟一直在地球上生活着。当这艘飞船的速度最终达到光速的99.993%时,哥哥想要穿越到2102年的未来的话,只需要在这艘飞船上旅行1年的时间,等他回到地球时,弟弟可能已经不在人世了。这并不是科幻小说,也不是科幻电影里的桥段,是有爱因斯坦理论支持下做出的计算。

在现实世界中,当我们乘坐飞机时,其实也是在做时间旅

■ 影视作品中的穿越时间(图片来自 *Myousry6666*)

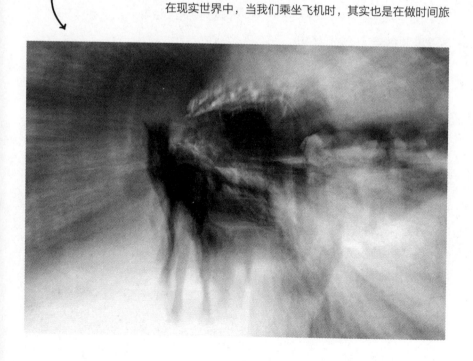

行,这是向前的。因为在飞机上比平时在地面上的速度更快。比如,我从北京飞上海,等我下飞机的时候,可能比在地面上的人时间慢了十亿分之一秒,也就是说我已经向前穿越了十亿分之一秒。这种穿越当然没有太多意义,除非以光速飞行,再回到地球,才会到遥远的未来。只不过以人类如今的技术,想要接近光速飞行无异于天方夜谭。

除了跑得更快,难道没办法让自己时间更慢,以便于穿越到未来吗?当然可以,爱因斯坦的广义相对论提供了另一种方式:引力越大的地方,时间越慢。这个现象在现实世界中也有证明。例如导航系统,使用的是导航卫星来定位,但卫星所在的轨道受到的引力,比在地面上受到的引力要小,所以卫星上的时间更快。卫星与地面仪器的时钟在发射之前是校对过的,以便于定位设置,但上天后卫星上的时钟走得更快,这还怎么定位呢?这个问题曾经深深困扰着科学家,后来有了更精确的原子钟,跟随卫星上天后,再重新校对与地面的时钟,定位就准确很多了。

有了这个理论,咱不就可以让时间过得更慢了?目前发现哪里的引力最大?黑洞。发现黑洞的引力波,是爱因斯坦的又一个贡献,科学家也已经证实了。但有个问题,在黑洞里光都跑不出来,我们进去之后如何出来?

到这里,咱们先总结下,时间旅行到未来的手段,科学家已经研究出来了,但以现在的技术水平来说,太!难!了!

悖论下的时间旅行

目前靠谱的理论,注意这里说的是靠谱——已经被广大科学家所接受、已经有实验支持的理论,都不支持时间旅行到过去。

被称为爱因斯坦之后最伟大的科学家之一的霍金先生,曾经做过一个时序保护猜想,目前已知的宇宙中的物理定律不允许任何除亚微观尺度外的时间旅行。简单来说,偶尔允许电子尺度的物质可以进行下违背时间单箭头的旅行,但人类这种宏观物体是不可能回到过去的。

进入20世纪80年代,有很多科学家不甘心,把爱因斯坦老人家的虫洞设想又给搬出来了:如果我们制造出来一个虫洞,在强大的引力场的作用下,扭曲时空,就有可能穿越到过去,但仍然有太多的问题没有解决。要想实现他们的设定,还不如直接超越光速来得容易。还是那个问题,爱因斯坦的确思考过虫洞,虽然虫洞在数学上是可行的。但它的物理性质可能已经不允许宏观物体穿越。也许你看过电影《复仇者联盟4》,还记得里边的超级英雄们,为了集齐所有宝石,把被灭霸杀死的人类救回来,他们直接穿越到了过去拿宝石,这不就是回到过去?而且理论上也说得通?只要我们把人类缩小到量子级别不就行了,到那边再变大……听起来是这么回事儿。但这也不是真正穿越到过去的时间旅行。

让我们退一步,假设这些科学家的理论最终被证实是正确的,那么我们即将面临的是祖母悖论。如果小李成功穿越到过去,在祖母还没生下孩子的时候,就不小心杀死了她,这个人还会存在吗?这不是很矛盾吗?对此科学家又有了新理论对付这个悖论:复联的超级英雄们把自己缩小到量子大小时,回到的"过去"其实并不是他们这条时间线上的过去,而是类似平行时间里的过去,他们最多也就改变了别人世界里的过去,自己还是没回到本时间线上的宇宙。不管怎么样,他们集齐了宝石,消灭了灭霸,救回了人类,后来又把宝石送回了平行世界,皆大欢喜。

我们再来做个总结，在现有的物理体系下，无论是现实世界的理论还是科幻小说里的理论，都没有真正穿越时间回到过去。其实这也很好理解，假如有个文明——不一定是人类文明——真正有能力达到光速，随手还能制造出来恒星级别的虫洞、黑洞，他们也就有能力回到宇宙大爆炸之初，直接阻止宇宙大爆炸，就不会有后来的宇宙，更不会有我们人类文明，也不会有其他高等文明了。但我们的宇宙仍然存在，也就是说，没有文明有能力去做时间回溯，或者说本宇宙的物理定律已经确定了不可能进行时间回溯。所以啊，大家还是珍惜时间，别老想回到过去，往前看，做好自己的事情，别后悔就是了。

微小说·赢在起跑线

●阿西博士/文

"不能让孩子输在起跑线上!"这是阿西他妈一贯坚守的信条。

她费尽千辛万苦,动用各种人脉,硬是将阿西送进了星球联盟在地球上所设立的号称"挤破头"的高级小学分部,每天除了常规的上课时间,阿西他妈还特意"加餐",安排了来自北京中关村和深圳的名师,通过远程视频教学帮阿西"开小灶",周末的节目更是丰富多彩,"宇宙语课程""外星礼仪课程"等,简直应接不暇。

除了这些,阿西他妈最热衷的,便是带上阿西到外太空各种热门的景点、星球观光,她深信:"作为新时代的少年,要具备宇宙视野,从小就要比同龄人站得高,看得远,才能紧跟前沿,领先一步。"

而阿西呢,简直是苦不堪言。晚上12点前结束课业睡个安稳觉,对他而言简直是一种奢侈。那些"兴趣班",他压根就没一丁点儿兴趣,而最令他反感的,便是要跟着他妈妈上天去宇宙各处"增长见识",一来他有"晕机"的毛病,尤其是空间跃迁,每次都能让他恶心得把胃掏空一回,更重要的是,阿西就喜欢安安静静地待在家里,翻看那些古色古香的前地球时代的古籍,练练毛笔字,下下围棋。然而,每当碰这些东西被妈妈发现,总免不了要被斥责一番:"现在是什么年代了,你鼓捣这些能有什么前途?我辛辛苦苦无非盼着你能成才,你要相信妈妈都是为了你好,不要辜负了我的一片苦心。"

这不,最近地球政府刚与镜面宇宙签订了旅游互通协议,听说镜面宇宙与我们成镜面对称,两个世界几乎一模一样,一时之间又成了人类一个新的旅游旺地,阿西他妈闻讯喜上眉梢:"这可是个好机会,得带上阿西去镜面宇宙另一个'我们家'拜访一下,说不定以后能成为用得上的资源呢!"

于是,阿西他妈很快收拾了行李,带上满脸不情愿的阿西踏上了前往镜面宇宙的旅途。

几天工夫,阿西和妈妈就来到了镜面宇宙中的镜面地球,飞船缓缓降落,阿西依旧是吐了个底朝天,这会儿他正在卫生间里整理自己的狼狈模样,擦拭着刚才被呕吐物弄脏的手表——一件来自前地球时代的古董,那是最疼爱阿西的爷爷生前所送的礼物,阿西对此很珍视,不顾妈妈的嫌弃,一直佩戴在自己右手的手腕上。

半晌,阿西终于彻底缓过神来,这才惊讶地发现,这儿整个机场里的设施、陈列和四周的环境,居然与从地球出发时的机场一模一样,如果不是对镜面宇宙稍有耳闻,阿西真会以为自己压根就还没出发:"幸好不是梦一场,不然这一路真是白吐了。"

阿西和妈妈很快熟门熟路地来到了镜面地球自己的"另一个家"中。应声开门的,竟然是一个和阿西他妈长得一模一样的"镜面妈妈"。大家一开始都还有些别扭,但很快也就适应了,互相寒暄起来。攀谈之间,大家才发现,尽管两个世界的人与物外形上近乎一致,但还是有着很大的区别,例如当阿西他妈介绍了此行来访的目的以及对阿西的教育理念之后,镜面妈妈就婉转地表示了自己的不同意见："我倒觉得孩子的教育没有必要给予太多的压力，而且我认为对孩子的培养，内省很重要，需要由内而外的积淀，我觉得你们家的阿西就很好。前地球时代的古籍很多都是精华，练字和下棋，都是陶冶情操、修炼内在的极好方式，不像我们家的阿西，整天就想到处疯，成天找家里要钱，满宇宙到处游山玩水。前阵子他要和朋友去一个黑洞探险，我没答应，他居然偷偷开了家里的保险柜，让我逮了个正着，这几天让我关在书房里禁闭，让他好好读四书五经反省，今天是因为你们来访我才特意让他出来迎客的。哎，如果我们家小孩像你们阿西那么乖就不用我操心啦！"

"哪里的话，我觉得像你们家阿西那么活泼好动才讨人喜欢呢，我们家阿西，现在连飞船跃迁都要晕机，真是丢人啊！"

言谈之中，两边的妈妈都对对方的小孩甚是喜欢，只恨自己的孩子生错了世界，有种相见恨晚的感觉。两人相谈甚欢，不知不觉聊到深夜。阿西和妈妈错过了晚班的飞机，只得留在镜面"家中"借住一宿。

第二天一大早，阿西和妈妈就辞别离去，往自己的宇宙出发，一路无话。

说来也怪，自打从镜面世界回来，阿西仿佛顿悟了一般，学习特别用功，成绩一路上扬，家里的古籍、字画和棋盘都被他收进了储物柜，尤其一到节假日，阿西就缠着妈妈四处旅游，活脱脱地变了一个人似的。阿西妈妈很是欣慰，"阿西总算长大了，懂得妈妈的一片良苦用心啊！"

这天早上，阿西和他妈在家里吃着早餐，妈妈提议道："听说地球政府在金牛座 S 星附近的星云内发现了一个迷你黑洞，周末妈妈带阿西去参观一下好不好？"

"太好了，我也看过这个新闻，老早就想去看啦！"

阿西他妈看着阿西兴奋的样子，露出了开心而满意的微笑，突然，她好像发现了什么，脸上的笑容瞬间僵硬了下来，原来，阿西的那只腕表，竟然戴在了左手上！

微科普·平行宇宙中的我们

●吕默默/文

读完《赢在起跑线》这篇小说，大家肯定会不自觉地想到对上篇《国家赔偿》的解读。本篇小说主人公去往的镜面宇宙其实就是平时世界或者说平行宇宙，那么既然时间旅行到过去不支持，现在的理论支持平行宇宙吗？如果平行宇宙存在，我们能去往那里吗？

平行宇宙存在的可能性

还记得咱们上一篇聊到的《复仇者联盟4》里的情节吗？超级英雄们最终还是穿越回到了平行宇宙里的过去，拿到了宝石拯救了世界。他们用的不仅仅是相对论里的理论，还用了量子理论，似乎做了两大理论的统一。这在现实世界可能吗？如果可行，也就意味着平行世界是存在的。

爱因斯坦被很多科学家认为是迄今为止最伟大的科学家，没有之一，认为他的理论都是对的，但爱因斯坦其实也踢到过铁板，他在量子理论上就屡遭败绩。事情是这样的，当以波尔、海森堡和薛定谔为代表的哥本哈根学派提出量子论，原子模型和海森堡测不准原理之后，爱因斯坦毛了，认为这是胡扯，一个物体为啥不能同时知道它的速度和位置呢？这里咱要先做个解释，他们认为的物体是指微观状态下，原子之下，电子一类的物体，并不是平日里的火车、飞机。

为了迎击波尔一派的猜测，爱因斯坦和相关研究人员提出了EPR悖论。简单来说，我们有一对手套，分别放在两个盒子里，这时候无论你拿了哪个盒子，里边的手套都是确定的。比如，小李拿了左边的盒子，他不知道里边是左手套；小明拿了另一个盒子，不知道里面是右手套。两人分别前往南极和北极，到了地点之后，小李一看自己盒子里是左边的手套，那么他推定小明拿的手套是右手套。

波尔一派是如何认为的呢？同样是俩手套，小李取一个，小明取一个，分别去往南北极。到了地点之后，小李打开，发现是左边的手套，所推断小明盒子里是右手套。这似乎没什么问题？别急，这只是一半，小李到达地点之后他很可能从盒子里开出来的是右手套，有二分之一的概率，打开之后盒子里的手套既是左手套又是右手套，是一种叠加状态，小明手里的盒子也是这种状态。大家是不是想到了另一个著名的思想实验"薛定谔的猫"？没错，波尔、海森堡和薛定谔都是量子论的奠基人之一。

EPR悖论提出来之后，爱因斯坦等着波尔接招。波尔也很头大啊，这可是迄今为止最牛的科学家的发问啊，怎么办呢？他和伙伴们挠了很久的头，最后没办法了，硬着头皮上吧，提出来了今天大家都知道的量子纠缠态理论。这下物理圈里更是炸锅了，你又不解释，说个纠缠态就行了？波尔一副知晓一切的脸说：咋的，我就是知道。

这个争论一直持续到贝尔不等式横空出世后。一位名为阿兰·阿斯佩克特（Alain Aspect）的法国科学家用钙原子激发产

■ 一对纠缠的光子的符号表示

生的两个可见光子做了实验，证明了实验结果符合量子力学的预测，量子纠缠态是存在的！只不过这个实验做完的时候，波尔和爱因斯坦已经去世很多年。

如今，整个科学界都已经接受了量子纠缠态，量子论开始靠谱起来。这其中就有一个分支认为量子纠缠会导致平行世界的存在。在量子论中，宇宙被判定是一个极其诡异的存在，当一个量子纠缠态最终打开，坍塌为我们看到的确定事实，就会产生另一个平行世界。例如，小李出门遇到了车祸，最终不治身亡。在平时世界理论中，小李被车撞的时候，会出现两个宇宙，一个宇宙里他死了；另一个宇宙中，他还活着，继续过着自己的生活。也就是说，当我们每做一个决定的时，宇宙就会多一个分支。人类的进化史已经有了几十万年，那不就有了无数个平行宇宙？没错，《复仇者联盟4》里的平行宇宙就是这么来的。

证明平行宇宙的实验存在吗？

有了量子论的支持，平行宇宙或者说镜像宇宙的理论开始大发展，但证明起来很艰难。

随着实验条件的不断进步，科学家可以做出来更多之前看起来不太可能做的实验。比如，科学家早就明白所有物质的中子都是被牢牢绑在原子核中，一旦离开原子核变成自由中子，它就会在约15分钟内衰变，成为一个质子、一个电子和一个反中微子——这就是自由中子衰变，是个随机现象。既然如此，科学家也就无法准确测定中子什么时候开始衰变，所以大多时候只能测量大量的中子衰变，计算出来一定时间内没有衰变的中子的数量，进而反推中子的平均寿命。从20世纪90年代开始，科学家们就已经有条件进行这个高精度的实验了，希望通过测定中子自由衰变来推算中子的寿命。

科学家做了多重方案，比如其中一种是把中子装进特殊的"瓶子"，过一段时间后"倒"出来"数"，算出来没有衰变的中子数量就可以反推了；此外，科学家还设计了另外一种方法——中子束穿过一个磁场圈套，中子衰变后的正离子会被套住，数出通过的中子数就能准确地算出没有衰变的数量，然后反推中子寿命。

中子都是一样的，所以不管是哪种方法，计算出来的结果都应该是一样的。但以上两种的计算法方法却算出了不同的中子寿命。"瓶子法"计算出来的中子寿命是878.5±1秒，而用"磁力圈套法"算出来中子寿命是887.7±3.1秒，两者相差了9秒多！此后无论科学家做了多少次这个实验，都是这样的结果。这让科学家既困惑又兴奋，也许这存在一个大秘密。

进入20世纪，有俄罗斯科学家做出过预判，普通中子有时候可能会穿过镜像世界，变成另一个世界中的中子，如此我们就不太可能探测到这个中子，除非进入另一个世界。中子通过这种方式从测试设备中消失，所以测算出来的中子寿命看起来稍有差异。

这个预判被美国科学家布鲁萨德听到了，她用了橡树岭国家实验室85兆瓦的反应堆，把粒子束送进一条15米长带有强大磁场的隧道中，打到一堵中子不可能穿越的墙，最后计算数量。如果平行宇宙或者说镜像宇宙存在的话，中子就会变成镜像中子，会穿越过我们世界的这堵墙。根据现有物理规律，我们应该无法在墙后边观察到任何中子，也无法观察到镜像中子。不过，也许镜像中子也有可能再变回我们这个世界的中子，所以如果在墙后再探测到中子的话——哪怕只有一粒，也就证明了镜像宇宙的存在。目前这个实验还没有最终结果，也许在不久的未来，科学家会发现镜像宇宙哦！

■ 也许其中的每一个小格子，都代表着一个宇宙（图片来自 Rob Oo）

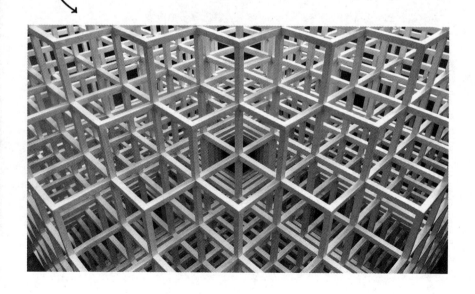

假如镜像宇宙存在

现代物理学中有太多谜题等待科学家解决,例如暗物质谜题。

如今科技进步了,科学家们经过宇宙微波背景辐射、引力透镜等方法探测过暗物质,最后由普朗克卫星探测的数据为:整个宇宙的构成中,常规物质仅占4.9%,而暗物质则占26.8%,还有68.3%是暗能量。好吧,也许真的存在平行宇宙、镜像宇宙。暗物质和镜像暗物质之间的相互作用,维持着我们宇宙存在,也让我们找寻不到它们的踪迹。

如此的宇宙令人困惑又着迷,希望大家以后投身于科学,去探索物理乃至宇宙中的终极谜团。

参考文献：

[1] 马佳，胡珉琦. 远古微生物袭来，是一场灾难？[J]. 中国科学报，2014（1）.

[2] 周周，倩倩. 冰层融化，远古病毒会复活吗？[J]. 人民文摘，2015（4）.

[3] 阿尔·戈尔. 北极甲烷与全球变暖：拖延者和否定者不愿面对的真相[J]. 新京报，2020（2）.

[4] 吕静、王平才. 北极：甲烷大爆发[J]. 中国新闻周刊，2009（6）.

本书所选微小说均出自蝌蚪五线谱网站科幻世界频道，请未联系到的作者按以下方式联系我们，邮箱：kehuan@kedo.gov.cn

版权专有　侵权必究

图书在版编目（CIP）数据

远行到时间尽头 / 周忠和，王晋康主编；吕默默编著. — 北京：北京理工大学出版社，2020.9（2021.5重印）

（藏在科幻里的世界）

ISBN 978-7-5682-8998-6

Ⅰ. ①远… Ⅱ. ①周… ②王… ③吕… Ⅲ. ①幻想小说—小说集—中国—当代 Ⅳ. ① I247.7

中国版本图书馆 CIP 数据核字（2020）第 165182 号

出版发行 / 北京理工大学出版社有限责任公司	
社　　址 / 北京市海淀区中关村南大街 5 号	
邮　　编 / 100081	
电　　话 /（010）68914775（总编室）	
（010）82562903（教材售后服务热线）	
（010）68948351（其他图书服务热线）	
网　　址 / http://www.bitpress.com.cn	
经　　销 / 全国各地新华书店	
印　　刷 / 三河市华骏印务包装有限公司	
开　　本 / 880 毫米 ×1230 毫米　1/32	
印　　张 / 6.75	责任编辑 / 高　坤
插　　页 / 1	文案编辑 / 高　坤
字　　数 / 146 千字	责任校对 / 刘亚男
版　　次 / 2020 年 9 月第 1 版　2021 年 5 月第 2 次印刷	责任印制 / 施胜娟
定　　价 / 39.80 元	

图书出现印装质量问题，请拨打售后服务热线，本社负责调换